共和国故事

众志成城

——中国取得防治非典型肺炎工作全面胜利

陈栎宇 编写

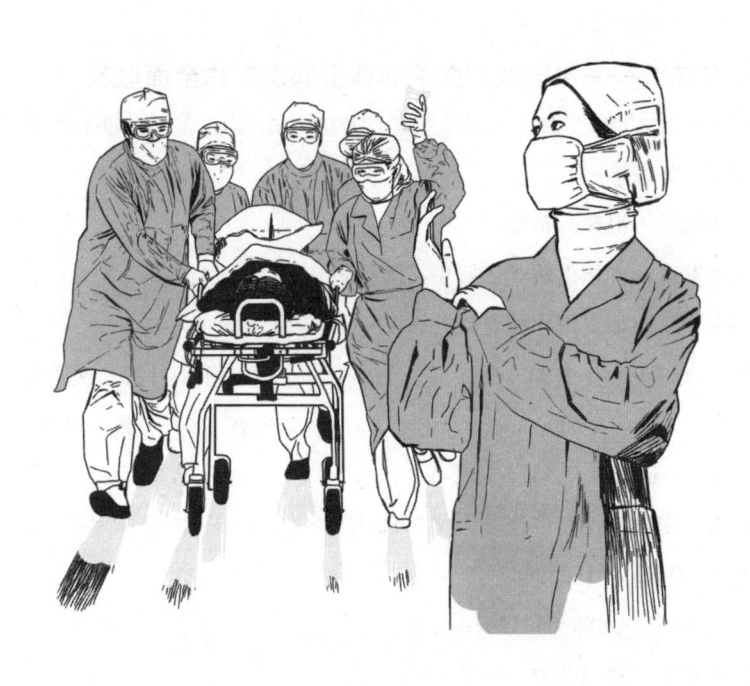

吉林出版集团股份有限公司

图书在版编目（CIP）数据

众志成城：中国取得防治非典型肺炎工作全面胜利/陈栎宇编. — 长春：吉林出版集团股份有限公司，2009.12

（共和国故事）

ISBN 978-7-5463-1845-5

Ⅰ．①众… Ⅱ．①陈… Ⅲ．①纪实文学－中国－当代 Ⅳ．①I25

中国版本图书馆CIP数据核字（2009）第233812号

众志成城——中国取得防治非典型肺炎工作全面胜利
ZHONGZHI CHENGCHENG ZHONGGUO QUDE FANGZHI FEIDIANXING FEIYAN GONGZUO QUANMIAN SHENGLI

编写 陈栎宇	
责任编辑 祖航 黄群	
出版发行 吉林出版集团股份有限公司	
印刷 三河市嵩川印刷有限公司	
版次 2010年1月第1版	2022年1月第9次印刷
开本 710mm×1000mm 1/16	印张 8 字数 69千
书号 ISBN 978-7-5463-1845-5	定价 29.80元
社址 吉林省长春市福祉大路5788号	
电话 0431-81629968	
电子邮箱 tuzi8818@126.com	

版权所有 翻印必究

如有印装质量问题，请寄本社退换

前　言

自1949年10月1日中华人民共和国成立至今,新中国已走过了60年的风雨历程。历史是一面镜子,我们可以从多视角、多侧面对其进行解读。然而有一点是可以肯定的,那就是,半个多世纪以来,在中国共产党的领导下,中国的政治、经济、军事、外交、文化、教育、科技、社会、民生等领域,都发生了深刻的变化,中国人民站起来了,中华民族已屹立于世界民族之林。

60年是短暂的,但这60年带给中国的却是极不平凡的。60年的神州大地经历了沧桑巨变。从开国大典到60年国庆盛典,从经济战线上的三大战役到经济总量居世界第三位,从对农业、手工业、资本主义工商业的三大改造到社会主义市场经济体制的基本确立,从宜将剩勇追穷寇到建立了强大的国防军,从废除一切不平等条约到独立自主的和平外交政策,从"双百"方针到体制改革后的文化事业欣欣向荣,从扫除文盲到实施科教兴国战略建设新型国家,从翻身解放到实现小康社会,凡此种种,中国人民在每个领域无不留下发展的足迹,写就不朽的诗篇。

60年的时间在历史的长河中可谓沧海一粟。其间究竟发生了些什么,怎样发生的,过程怎样,结果如何,却非人人都清楚知道的。对此,亲身经历者或可鲜活如昨,但对后来者来说却可能只是一个概念,对某段历史的记忆影像或不存在,或是模糊的。基于此,为了让年轻人,特别是青少年永远铭记共和国这段不朽的历史,我们推出了这套《共和国故事》。

《共和国故事》虽为故事,但却与戏说无关,我们不过是想借助通俗、富于感染力的文字记录这段历史。在丛书的谋篇布局上,我们尽量选取各个时代具有代表性或深具普遍意义的若干事件加以叙述,使其能反映共和国发展的全景和脉络。为了使题目的设置不至于因大而空,我们着眼于每一重大历史事件的缘起、过程、结局、时间、地点、人物等,抓住点滴和些许小事,力求通透。

历史是复杂的,事态的发展因素也是多方面的。由于叙述者的视角、文化构成不同,对事件的认知或有不足,但这不会影响我们对整个历史事件的判断和思考,至于它能否清晰地表达出我们编辑这套书的本意,那只能交给读者去评判了。

这套丛书可谓是一部书写红色记忆的读物,它对于了解共和国的历史、中国共产党的英明领导和中国人民的伟大实践都是不可或缺的。同时,这套丛书又是一套普及性读物,既针对重点阅读人群,也适宜在全民中推广。相信它必将在我国开展的全民阅读活动中发挥大的作用,成为装备中小学图书馆、农家书屋、社区书屋、机关及企事业单位职工图书室、连队图书室等的重点选择对象。

编 者
2010 年 1 月

目录

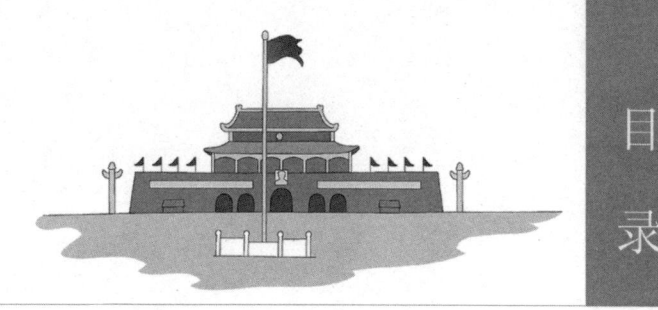

一、"非典"来势汹汹

　　广东发现"非典"病例/002

　　广东进入发病高峰期/005

　　组织专家调查研究/008

　　向中央紧急报告疫情/010

　　广州第八医院抗"非典"/012

　　疫情迅速蔓延全国/020

　　世界卫生组织关注/028

　　北京发现首例"非典"病例/032

二、中央沉着指挥

　　胡锦涛在广东视察/036

　　温家宝发表重要讲话/041

　　中央部署"非典"防治工作/044

　　卫生部组织抗击"非典"/050

　　构筑农村预防战线/052

　　关心在大陆的台胞/061

三、万众齐心

　　北京市临危不乱/066

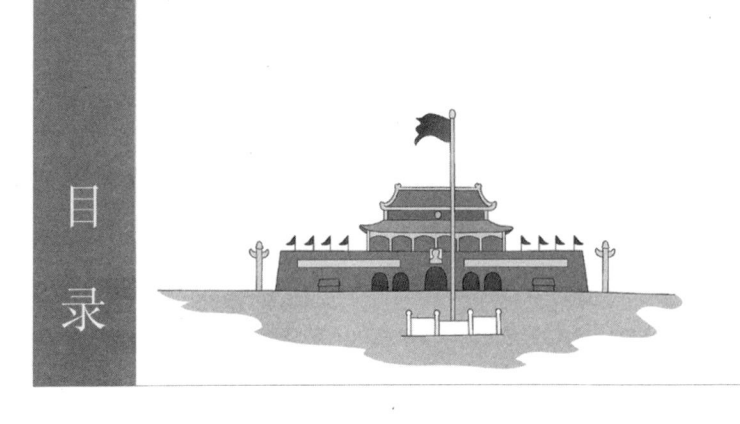

迅速新建小汤山医院/070

全面加强科学防治/074

各地支援北京抗"非典"/078

全国行动起来大援助/081

国际社会支援中国抗"非典"/084

展开"非典"科研攻坚战/089

中国赢得最后胜利/092

四、表彰英雄人物

中央表彰抗"非典"英雄人物/096

专家钟南山身先士卒/099

邓练贤危险之处现身/108

叶欣用生命书写精诚/114

一、"非典"来势汹汹

- 一辆从广东省河源市疾驰而来的救护车上,一名34岁的重症病人,被抬到了主任医生黄文杰和他的同事面前。

- 一名患者出现呼吸衰竭,需要立即插管抢救,一插入管子,患者肺部的痰液像喷雾一样飞溅出来,在场不少医护人员脸上、手上、身上被溅得到处都是。

- 面对着高度的传染危险,面对死神的威胁,陈燕清每天多次进入重症患者的病房,动态观察呼吸机、心电监护仪的数据变化,面对面为病人吸痰、取痰、采集口腔分泌物。

广东发现"非典"病例

2002年11月16日,广东佛山市第一人民医院接诊了一位特殊的肺炎患者。

紧接着,广东的河源、中山、江门、广州、深圳等地相继有此类病例发现。

11月28日,总医院呼吸内科,下午快要下班的时候,一辆从广东省河源市疾驰而来的救护车上,34岁的重症病人黄杏初被抬到了主任医生黄文杰和他的同事面前。

负责护送的医生无奈地说:"他已经发高烧整整7天了!"

当时检查发现,黄杏初高烧39.8摄氏度,明显的呼吸困难,全身发紫,同时,还神志不清,躁动不安。

护士无法打针给药,医生无法采取治疗手段,只好叫几位医师来把他按住。但是,由于病人身体强壮有力,四五个医生好不容易才把他固定住,打上适量的镇静剂后,黄杏初才安静下来,医生们马上采取治疗措施。

上呼吸机!插管!呼吸内科主任黄文杰当机立断,决定给黄杏初进行机械呼吸,改善病人通气。

第二天,病人神志清醒,呼吸困难有所缓解,情绪逐渐稳定。但是,面对如此重症的"肺炎",医生们不敢有丝毫的懈怠,继续对症下药,采用抗病毒、抗菌药物进行系统治疗。

一个医生加一个护士,夜以继日地监护病人,广州军区总医院最贵重的呼吸机和监护仪器都用上了,黄文杰和其他专家,一天无数次查看他,严密检测生命体征等变化。

入院后四五天,黄杏初的情况终于有所好转。

呼吸内科参与救治病人的李医生后来回忆说:

> 当时什么都不知道,对非典型肺炎病人的传染性一点认识都没有,只是按照重症肺炎病人的措施,采取一定的防御,没有特别的措施,直到出现河源医务人员感染才意识到该病的传染性。

在第七天,就在黄杏初的体温逐渐变得正常的时候,黄文杰接到广东省卫生厅的通知,让他立即和地方5名专家赶到河源市人民医院,因为与黄杏初接触过的有11人遭到感染,其中有8名医护人员。

黄文杰和他的同事多少有些后怕,但是,医护人员和军人的双重天职,让他们一次次义无反顾地踏向"雷场"。

为了正确诊治这类病人,他们冒着风险,为病人查咽喉、听肺部呼吸音的变化,在抢救危重病人时,一次次冒着被气管里喷出的分泌物感染的危险。黄文杰一次次叮嘱他的战友：进病房一定要戴口罩、手套，每做完一次检查或治疗都要清洁洗手，病房要随时通风……

为避免有些重症病人气管插管后所带来的损伤和继发感染，黄文杰大胆地采用了无创通气法，即采取面罩通气、营养支持、静脉注射胸腺肽和免疫球蛋白等措施对症治疗，许多病人转危为安。

首例病人黄杏初在 10 天后，便拔下呼吸管，脱离了死神的纠缠。23 天后，黄杏初康复出院，黄文杰和同事无一人感染。

黄杏初出院后没有再传染给别人，身体又恢复了往日的强壮，复查三次没有发现任何后遗症，黄杏初和他的家人特别感谢黄文杰等医务人员，多次专程到广州向医务人员致谢。

广东进入发病高峰期

从 2002 年 12 月中旬开始，河源陆续有类似肺炎患者被转到广州军区总医院治疗，其中包括一名被感染的医生。

至 2003 年 1 月 17 日，广州军区总医院已经收治了来自中山、清远、深圳的大约 10 例类似肺炎病人。

2003 年 1 月 18 日，中山大学附属第二医院开始收治 8 名病人，病人病症与广州军区总医院收治的病例相近，分别来自顺德、东莞和广州市芳村区。

从 1 月 31 日 19 时开始，中山大学附属第三医院也陆续收到外院转来的 3 名类似肺炎患者，其中包括一名 10 岁的广州男孩。

3 人病情都十分严重，一入院就要上呼吸机。中山三院集合了儿科、传染科、呼吸科等科室专家，从除夕夜一直抢救到次日上午，大家连续工作长达 12 小时。

据一位参加急救的医生称，当时一名患者出现呼吸衰竭，需要立即插管抢救，一插入管子，患者肺部的痰液像喷雾一样飞溅出来，在场不少医护人员脸上、手上、身上被溅得到处都是。

2 月 3 日晚，病情最严重的 10 岁男童不治身亡，他是此次类似肺炎事件中死亡年龄最小的患者。

在本次肺炎事件中，收到了类似肺炎患者的医院还有广州医学院第一附属医院、广州市第一和第二人民医院、广东省中医院、广州市第八人民医院、广州市胸科医院和177医院。

可以说，广州几乎所有大型综合医院都收到类似病人。

接触到类似肺炎病例的不少广州医生，最初并没有意识到或还没来得及意识到这一疾病的传染性，救治第一批患者的医护人员开始陆续被感染。

1月30日，中山二院因接收了一名病情特别重的患者，加上医护人员防范措施不足，导致前后45名员工染病，医院不得不开设15、16、17、18四层楼为专门隔离病区，并成立专门治疗小组进行应对。

紧接其后，2月3日中山三院12名医护人员也相继出现剧烈头痛、高烧等症状。

从2月5日至10日，这6天是广东的暴发期，省内传播达到每天50宗以上。

医护人员纷纷病倒的消息通过电话、手机短信、电子邮件等悄然在广州市大面积扩散，越传越耸人听闻。有的人称与这类肺炎患者"打个照面就死"，甚至"上午传染上，下午就死"，还有人称"不少医护人员死亡"。

2月8日，众多单位员工节后正式上班，传言立即"升级"，走在广州街头随处可见戴口罩的人。

2月10日，传言进入高潮，并从广州市向深圳、珠海等珠江三角洲其他地区蔓延，随后又向海南、福建、江西、广西、香港等邻近地区传播。

2月10日起，抢购板蓝根、白醋等风潮以异常的速度登陆广州。一个多月前对河源人疯抢抗生素还觉得不可思议的广州人，愿意花70元买一包原价只有其十分之一的板蓝根，20元一瓶的白醋都被百姓一抢而光。

广东省、广州市后来公布的有关数据表明，在此次事件中，不少河源、中山等地的病人都被送到广州市救治，广州本地患者人数也不少，这使得广州成为此次事件中最令人关注的地方。

组织专家调查研究

在 2003 年 1 月 2 日，广东省卫生厅接到河源报告，出现有传染性的过去从未见过的肺病。

当天，省卫生厅就派了一个以广州医学院呼吸疾病研究所副所长肖正伦为组长的专家小组前去调查。

在第二天早晨，调查小组就写出了一个报告，认为这是一个局部爆发的不明原因的肺炎，而且肯定这个病有一定的传染性，并提出了最初步的诊断、处理、消毒、预防、隔离方法。

半个月后，中山市开始报告该市 3 家医院收治了一批以发热、肺部感染症状为主，病因不明的患者，且有多名医务人员感染。广东省卫生厅再次组织专家小组前往调查。

1 月 21 日，专家组在写出了《关于中山市不明原因肺炎调查报告》，命名该病为"非典型肺炎"，即"病因未明，病毒性感染可能性大"。

1 月 23 日，广东省卫生厅以"粤卫办 2 号文"将这份报告印发至各地级以上市卫生局和省直、部属驻穗及厅直属医疗卫生单位。

当时，中国已经临近一年一度最重大的传统节日春节了。人们并没有意识到这种病的严重性，直到 1 月底，报告才到达广州各大医院。

春节假期之后,在广州出现了各种各样的"不明病毒袭击广州"的传言,以及市民大规模抢购药品、板蓝根及醋的现象。

2月上旬,在广州不少大医院,已经住了许多"非典"病人,全省总共有上百名医护人员受到感染。

广州医院抗"非典"最艰苦的阶段至少持续了一个月。其间,广州的呼吸疾病专家在研究治疗方案上花了很多工夫,相互之间也进行了很多经验交流,总结出广州的非典型肺炎推荐治疗方案和临床诊断标准。

2月中旬,广东省卫生厅组织专家总结前阶段非典型肺炎救治工作经验,研究完善非典型肺炎病例临床诊断标准、推荐治疗方案、预防措施指引和消毒隔离措施。

在临床治疗方面,广州的确取得很大成绩。广州的经验后来也在全国及海外推广,特别是在香港。广东的"非典"病死率不到4%。而世界卫生组织对世界"非典"患者病死率的估计曾是14%至15%。

广州市呼吸疾病研究所所长钟南山,将之归功于在实践中总结出来的一套行之有效的治疗方法。

向中央紧急报告疫情

2003年2月7日，广东省委常委、常务副省长李鸿忠接报，旋即报省委、省政府主要领导。中共中央政治局委员、省委书记张德江作重要批示。

2月8日为春节长假后开工日。非典型肺炎报告向北京急送中央，国务院领导作出批示。

2月9日，国家卫生部副部长马晓伟受命，率专家组抵粤，经国家和广东省医疗卫生专家研究分析，初定为非典型肺炎。

2月10日，各种传言鼎沸，广州市民中出现恐慌心理，抢购板蓝根等抗病毒药品及白醋风潮起。这天晚上23时30分，省委书记张德江作出决定：第二天去省卫生厅现场办公。

2003年2月11日上午，张德江在省委常委、秘书长蔡东士和副省长雷于蓝陪同下至省卫生厅。

张德江指出：

非典型肺炎发病高峰已过，病情初步得到控制，但绝不能掉以轻心，要尽快召开记者见面会，请专家回答记者提问，用权威的声音引导舆论，最大限度地减少社会恐慌。

2月11日10时30分，广州市政府召开新闻发布会，广州市卫生局局长黄炯烈就广州地区发生非典型肺炎病例的情况向传媒作了通报。

广州市副市长陈传誉、市政府副秘书长张火营代表市政府承诺：在现代科学技术的指导下，广州有信心有能力应对任何疾病的挑战。

同日下午，广东省卫生厅及佛山、珠海等地，也先后召开了类似的情况通报会。

省市两级政府承认广东省、广州市发现非典型肺炎患者。

2003年2月12日，广东省委副书记、省长黄华华主持有省委常委、宣传部部长钟阳胜和副省长雷于蓝参加的省政府工作会议。黄华华指示：须不惜代价抢救在接诊病人时被传染的医护人员。

下午，副省长雷于蓝和广州市副市长陈传誉携花篮至中山大学附属二院、三院及市八院，慰问看望一线医务人员。

2月18日，中国疾病研究中心宣布，广东严重呼吸道综合征的病原基本可以确定为衣原体。

同日，在广东卫生厅召开的紧急会议上，广州各大医院专家一致认为，不能简单认定衣原体就是唯一病原。

3月15日，世界卫生组织将此疾改称"严重急性呼吸系统综合征"，即"SARS"。

广州第八医院抗"非典"

2003年2月1日,大年初一清早,广州市第八人民医院院长唐小平就召开中层干部会议。

> 各位同仁,广州正流行一种叫"非典型肺炎"的传染病。上级指令我们市八院,从明天起,就开始接收这类传染病人……

唐小平个子不高,黑黑实实的。单看唐小平的相貌,看不出他是博士研究生、硕士研究生导师、美国佛罗里达大学访问学者、病毒性肝炎及艾滋病优秀专家、2002年"广州十大杰出青年"之一。

唐小平院长原来准备与父母亲一起到深圳过春节,疫情一来,一切让路。

"今晚就是不睡觉,也要把明天收治传染性肺炎病人的全部准备工作做好。现在离明天8时,不到20小时了,开始行动吧!"唐小平下了动员令。

广州市第八人民医院也叫传染病医院,几里远就可以看到病房大楼上的这个招牌。除了收传染性肝炎病人之外,还专收艾滋病人。这两种病都是接触性传染病,你不接触病人及其物品,就不会传染上。

现在要收的却是呼吸性传染性病人，病毒弥漫在空气中，如何进攻和防守，对于他们来说，无论官还是兵，都是一场从未经历过的战斗。

这是一场没有硝烟的战争。是战争，说什么时候上就什么时候上，刻不容缓。

初二早晨，一辆辆呼啸着的急救车，把第一批"非典"病人送进了医院，战斗正式打响了。

感染科主任蔡卫平率先攻艰。他对病区里每一位病人都细心检查，认真处置。那时，对非典型肺炎的认识，还处在初级阶段，既不知道它的来源，也看不清它的面目，诊断标准更没有形成，全凭医生的仁心仁术。

"非典"病人如潮涌来，短短几天就升到150多人，仅2月6日、8日两天，每天都收治30人。

病区的医生护士全都踩着秒针上班，一直干到深夜1时。每天不知道走了多少路，即使穿着最柔软的鞋，脚也起了泡；而且，许多路是推着导弹一样的氧气瓶跑的。

2月，是广州最寒冷的月份。汗水湿透了内衣，被寒风一吹，冷得又不由得直打哆嗦。护士胡嘉茜、郑淑芳，护士长农菲，医生何凯茵由于加班过度疲劳，累得晕倒在病房，醒过来后，又投入紧张的战斗。

病房很快爆满了。2月8日，遵照卫生局指示，马上开辟第二"非典"病区，由博士医生张复春主任挂帅。

张复春受命于危难。他要做的第一件事是要招20多名精干的护士、医生。消息一传出，报名者竟然超过了

50 名。

为了少出现一个"非典"患者,他们义无反顾地来了,带着一颗救人于水火的火热之心。

就在张复春开辟"非典"第二病区这一天,重症患者要从中山医学院第三附属医院转过来。

这个重症患者姓周。1 月 30 日,也就是年廿九,他高热咳嗽,呼吸困难,危在旦夕,住进了中山医学院第二附属医院。后确诊为非典型肺炎,按有关规定转到三院传染病区。就那么不到 48 小时里,他不仅把抢救过他的医生、护士传染,甚至连运送他转院的司机,也被他严重的毒性击倒了。这位司机就是后来以身殉职的范信德。

就是在这种情况下,重症患者要转到广州市第八人民医院。

收,还是不收?这是广州市第八人民医院面临的第一个问题。不收嘛,当然可以找到顺理成章的理由:本院床位告满,正组建新病区,目前无法再收治了。

充满人道主义精神的唐小平对大家说:"我们是传染病专科医院,救治传染病是我们的天职,怎能拒收呢?如果我们不收,他就没有地方去了,只有等死了。"

绝不能让"非典"病人等死,即使重症患者也不例外。有百分之一的希望,我们就要尽百分之百的努力。

广州市第八人民医院上上下下达成共识,终于把这个撂倒了两个大医院的重症患者收了下来。

市八院不仅收了重症患者，紧跟着，还把被其传染上的 18 名家属也收下来了。

重症患者驾到，唐小平立即率领张复春、蔡卫平等将士披挂上阵。

打头阵的是张复春主任，他第一时间到病房现场指挥抢救。

在抢救众多非典型肺炎病人的过程中，张复春发现，死亡病例均合并二重感染，且病人的 T 淋巴细胞亚群显著下降，率先提出了细胞免疫缺陷及损伤是造成多器官损害以及合并感染的重要原因。据此，他们对"非典"病人试用增强剂治疗，收到较好的效果。这项发现在多家医院推广后，提高了危重病人抢救的成功率。

重症患者被镇住之后，在唐小平的红色方阵中，杀出一员女将，她就是陈燕清主治医生。别看她弱不禁风，性格却活泼开朗。果然，她进出 SARS 敌阵中，左冲右突，如入无人之境，竟毫发无损。在院长唐小平的指挥下，她和张复春、蔡卫平、农菲等医护人员一起，与重症患者展开浴血奋战。

这里没有刺刀见红的拼杀声，但敌人都是看不见摸不着、不知来自何方的隐形职业杀手；这里没有冲锋陷阵的号角声，战斗却十分惨烈。

连续作战 13 天、日夜奋战、疲惫不堪的蔡卫平主任开始发烧了；给病人做零距离支纤镜检查、一做就是 10 多个的陈劲锋主治医师也中招了；跟着，有 20 多位医务人员相继被传染上。

身体魁梧的蔡卫平,刚发烧时还不太在意。病人一双双求生的眼睛,令他不忍心离开病房去休息。他坚守岗位,坚守阵地,直到2月19日病情加重,被确诊为非典型肺炎,才不得不住入自己的医院。

即使在隔离病房里,他还念念不忘他的病人。他躺在病床上,用手机遥控指导科里的医生工作,回答各病区甚至外院医生的咨询。

但是,到了住院第十天的时候,高烧回升。病情一天比一天严重,到了上氧气罩和呼吸机都不见好转的程度。蔡卫平心里很清楚,这一次加重预示着非典型肺炎的第二波高峰来了。

作为医生,蔡卫平很清楚地意识到,如果在 SARS 最猖狂的时候顶不住,那就完了。此时此刻,他真有一种自己快不行了的感觉。

躺在病床上的日子,蔡卫平看着同事们穿着笨重的防护服在身边忙碌着,他恨不得立马拔掉针头继续回到这支队伍中去。然而,他只能老老实实地躺在那里,用眼神、手势和同事们交流。

在这之前,他从来没有想到这洁白的病房、洁白的被褥是为自己准备的,那一段时间他体验到了作为病人的痛苦,尤其是作为"非典"患者的那种悲壮。

他才41岁,生命难道就这样结束了?难道就这样离开远在湖南读书的女儿,连最后见她一面的机会也没有?

难道就这样离开志同道合、并肩战斗、相亲相爱的妻子，让她留下永远也无法愈合的创伤？难道就这样离开每日颤颤巍巍给自己送汤水的老母亲，让她老人家白发送黑发？

有多少事还没有做啊，国家正是用我的时候；有多少病人还在等着我，等着我去重唤他们生命的光彩……

SARS无情人有情。21时，蔡卫平的妻子，同院护士长倪仁芳，尽管看见戴着呼吸罩的丈夫像往常那样，一再打手势叫她走，让她尽早回家休息。

但是，此时，倪仁芳明显预感到，丈夫的生和死就在这一夜了。对付恶魔SARS，眼下还没有特效药，挺得过去就生，挺不过去就死。今晚，怎么也不能走！

就这样，倪仁芳坚持留下来，陪丈夫度过了最危重的一夜。

万幸！蔡卫平最终病情好转！

当战友纷纷被传染上时，身体纤弱的陈燕清医生并没有被吓倒。面对着高度的传染危险，面对死神的威胁，她每天多次进入重症患者的病房，动态观察呼吸机、心电监护仪的数据变化，面对面为病人吸痰、取痰、采集口腔分泌物。那都是极毒极传染的东西呀，但为了救死扶伤，为着收集第一手临床的宝贵资料，她明知山有虎，也向虎山行了。

经过几天舍生忘死的奋战，终于把重症患者从死神手里抢了回来，重症患者苏醒了！

这位迈出地狱之门的水产商哪里知道，为了抢救他，先后60多个医护人员倒下了，中山二院的范信德、中山三院的邓练贤甚至献出了生命。他们付出的代价，世界上有什么东西能够衡量？

当周先生得知他18个家人也住进医院后，十分忧心。陈燕清医生马上到有关科室病房，逐一了解他家人的病情，逐一向他作详细的交代，消除了他的焦虑，鼓励他树立最终战胜病魔的信心。

陈燕清总是第一个上班，最后一个下班。每天下班前，她总是逐一巡查危重病人，调整、查对呼吸机和心电监护仪的每一个数据，对值班医生详细交代注意事项，然后才放心地离开。在科室里，她几乎包下了所有星期六、星期日的值班。

一天，一位当值医生拉肚子，临时又找不到别的医生顶替，陈燕清马上说："我来顶他的班。"这一顶，就是28小时，此前，她才刚刚值完夜班。

经过艰苦卓绝、人梯式的战斗，终于把重症患者降住了。

3月18日，周先生康复出院。他紧紧地握着医生的手说："谢谢你们，谢谢你们给了我第二次生命。"他做了一面锦旗送给医院：

起死回生，再世华佗。

压在院长唐小平心中的层层石头，总算落下了一大块。

这些日子，从早晨忙到凌晨，虽然已经疲倦不堪了，但却无法入睡，即使吃下安眠药，他还是睡不着，人命关天啊，怎能不紧张！

市八院是广州抗击"非典"的主力部队，收治的"非典"病人，占全市四分之一以上。每天有多少事情等着唐小平安排、处理；有多少会议等他主持、参加；有多少"非典"难题需要他付出心血研究探索……

当时，弟弟又做颅脑外科手术，唐小平忙得实在无法抽身照应，直到弟弟手术后第三天，他才满怀对胞弟愧疚之情，挤出一点点时间到医院探望。好不容易合上眼，又常常被猝然响起的电话惊醒，幸亏他有强壮的身体，不然早在这超负荷的工作中倒下了。

4月6日，世界卫生组织著名流行病、传染病学家马奎尔博士到医院视察时说：

> 你们所有抗击"非典"的医护人员都是英雄，都应该获得一枚勋章。

在这次抗击"非典"的战斗中，千千万万的白衣战士，一如既往地执行着他们神圣的职责。

疫情迅速蔓延全国

2003年一开始，在大多数人茫然无知的情况下，"非典"病原体就以人们意想不到的速度，开始蔓延到全国、全世界各地区。

2003年1月4日至14日，广西河池市境内柳州铁路局金城江机务段，发生一起呼吸道传染病暴发疫情，属家庭接触传染型，共发病6人，其中死亡2人。

直到2月中旬，广东省部分地区确认发生非典型肺炎疫情后，广西疾病控制中心认为，河池市上述病例，与广东省"非典"病例发病特征相似，并正式将其归类为回顾性非典型肺炎疫情。

2003年2月17日，湖南报告了首例病人，即为在广东的湘籍打工者，染病后返回家乡。

进入4月，湖南又报告了6例广东输入性"非典"病人。其中1名19岁的女病人，患病后先在深圳龙岗医院治疗，病重后回湘治疗，抢救无效，因呼吸衰竭于4月2日9时死亡。

4月中旬，大批在北京、广东等地求学的湘籍学生返乡，湖南省的SARS防治形势骤然严峻起来。湖南开始加强防治SARS的措施。

2003年2月27日，SARS在第一时间从广东蔓延至内陆省份山西。

2月下旬，太原一家商场包租柜台做珠宝买卖的女商人于某，在广东进货时染疾，发烧胸闷。回到山西，她的病情愈发严重，却一直与家人生活在一起，父母亲朋往来密切。

在太原求治若干家医院没有结果之后，3月1日，于某租车到北京看病。7日，在解放军301医院被确诊为"非典"，转入302医院。这时，父母、丈夫等一家8人都出现类似症状，有重有轻，全家相继到北京就诊。

另一例发生在2003年3月23日，太原市退休女工谢某从北京奔丧归来，觉得身体不适，胸闷发烧。她立即前往太原的山西省人民医院就诊。

谢某的哥哥刚刚在北京过世。他去求治结肠癌，结果死在佑安医院，死亡证明上说："发热，原因不明。"此刻，谢某也是"发热，原因不明"。

2003年2月10日，四川广元的吴某赴广州探亲、奔丧。返回后，一家三口先后出现高烧、全身肌肉酸痛等症状，住入了广元市410医院。12日，经追查病史和临床观察，确诊为非典型肺炎。

3月29日，一名已在广东患病并经初步治疗的农民工，回到老家四川省泸州市叙永县治疗，被确认为疑似病例。

据四川省非典型肺炎防治小组专家分析，四川全部"非典"病例均为输入型，大多是从广东传入的，尤以在广东务工的农民为主。

2003年3月上旬,香港最早的"非典"病例出现在位于沙田的威尔士亲王医院。

当时,一名医院员工出现发烧及上呼吸道感染的症状。不久,香港大批医护人员感染病倒。疫情不断扩散蔓延。到3月下旬,病毒已经进入了社区,受感染人数每日以数十人的速度增加。

根据香港卫生署宣布的"肺炎个案源头发现",是来自广东的医生刘某。

2月21日,刘某和太太一起前往香港,参加侄儿的婚礼。此前,他一直在广东中山二院治疗非典型肺炎病人。当晚,他入住香港京华国际酒店。就在那里,他传染了1个多伦多女人,1个来自温哥华的男人,1个美国商人,3个新加坡女人和1个看望朋友的26岁的香港男人。

在3月1日,北京接收了第一例非典型肺炎病例。

在广东和北京出现疫情后,以两地为中转站,全国各地纷纷出现可疑病例。

2003年3月27日,内蒙古发现第一例疑似病例。此后,中部、西部和东部的6个盟市相继出现病例。

呼和浩特市有3组病例:第一组起点为一民航女乘务员,她曾于3月15日飞往香港,波及8人;第二组为一中学生,他在看望患病住院的亲属后发病,波及3人;第三组为巴彦淖尔盟铁路医院的一名实习生,他在北京结束实习后回乡后发病。

2003年4月7日，宁夏出现首例输入性非典型肺炎患者。

在3月28日，内蒙古自治区西部的磴口县赵某从北京出差回来。4月1日，他便出现高烧、头痛、干咳、少痰、呼吸困难等病症。

4月7日晚，赵某因病情加重，从内蒙古自治区西部的磴口县人民医院转院住进宁夏医学院附属医院传染科，被确诊为宁夏首例输入性非典型肺炎患者。

4月22日晚11时，宁夏首例输入性非典型肺炎病人赵某医治无效死亡。此后，与他接触过的家属5人也陆续发病，先后被证实为非典型肺炎患者。

2003年4月15日，54岁的河北省某县民政局干部孟某，由北京民航总医院转院至天津武警医学院附属医院接受心脏内科治疗。16日下午，孟某开始发烧，并有咳嗽等症状，后因严重肾衰竭于4月20日上午10时死亡，被确定为输入型非典型肺炎。

经查证，孟某在北京民航总医院住院期间，该院曾收治过"非典"病人。

第二例患者陈某，男，70岁，是孟同一病房的病友，4月20日22时死亡。

同时，与河北省接壤的北京、山西、天津均有"非典"病例报告。而河北省报告的确诊病例大都与北京疫区有直接或间接的关系，并且病例家庭聚集性明显。

2003年4月13日，湖北省黄冈市中心医院接诊了59岁的高热女病人李某。该病人于4月12日由北京来红安，黄冈市中心医院接诊后将其收治该院内科病房。在返京后李某被确诊为非典型肺炎病例，随后，内科医生张某也被确诊。

位于东北的吉林省，也发现了首例输入性疑似非典型肺炎病例。该疑似病例为姐妹俩。妹妹曾于发病前两周内，在北京收治非典型肺炎的医院护理产妇。回来后，出现发热、干咳、全身肌肉酸痛等症状。姐姐发病前曾与其妹妹有明显的接触史，临床症状与其妹相似。

2003年4月19日，辽宁省葫芦岛市发现一例非典型肺炎病例。患者王某是绥中县小庄子乡凌家村村民，曾于4月9日至15日，在北京探望、护理患传染性非典型肺炎的亲属。

2003年4月21日，甘肃省疾病预防控制中心在《甘肃日报》刊登紧急通知，寻找4月18日乘坐北京至兰州MU2112航班旅客，以及4月17日乘坐北京至西宁T151次列车14车厢，在甘肃境内下车者。

原来，25岁的马斌是甘肃定西市香泉镇马家坡村人，长期在北京从事餐饮工作，在北京有与非典型肺炎病人接触史。

14日，马斌在北京自感全身酸痛乏力，在朝阳区小庄医院就医诊断为感冒。17日从北京乘T151次列车返家。18日到达定西，下车后，他直接去定西市医院传染科发热门诊就诊。医生怀疑他有感染"非典"的可能，收住在隔离病区的单人房间。19日，他开始高烧、干咳，肺部有阴影。专家诊断为非典型肺炎。

在北京期间，曾经陪护过"非典"病人的60岁的马思成，也于18日乘飞机由北京到兰州。从兰州机场乘车返回定西，在他的妹夫家休息。19日开始高烧，在定西市医院传染科发热门诊就诊，被确定为"非典"病人。

此时，邻省陕西也发现了首例输入性非典型肺炎病例。这位女性非典型肺炎病人，4月间曾陪护其他病人前往北京治病。4月10日开始发烧，并出现病症。4月16日回到西安后住院治疗，20日确诊。

第二天，在西安咸阳国际机场，一名新西兰人被确诊为非典型肺炎患者。

2003年4月1日，福建厦门市发现两例疑似非典型肺炎病例。两人同一单位同一批从香港培训归来。他们曾与其他64人一起住在香港淘大花园，并于3月30日返回厦门。同行其他人并未发现"非典"病情。

2003年3月27日，一名商人从香港洽谈商务回到上海，途中已有症状，4月2日在第四人民医院被确诊。

4月7日，患者68岁的父亲出现了发热等症状。并于4月17日被确诊为上海第二例非典型肺炎患者。

2003年4月8日，一位山西人接到调令，到驻山东省济南市一企业任职。此前的4月4日，他曾因发烧，到太原某医院就诊。4月9日，继续发烧，到济南千佛山医院治疗，最终被诊断为"非典"患者。

2003年4月16日、17日，河南发现并确诊3例非典型肺炎病例，分别为驻马店、南阳、开封市从外地回乡的人员。22日，河南又新确诊3例"非典"病例。而这3例新确诊的"非典"患者发病前，都曾在北京市的医疗机构从事过打工、陪护或探望病人活动。

2003年4月18日，重庆万州区某局一女职工黄女士，4月5日曾随单位组团赴新加坡、马来西亚、泰国旅游，4月17日随团返回万州。当晚，出现感冒症状，发热、干咳。4月18日，她被传染科收治，成为重庆市第一例疑似"非典"病例。

2003年4月20日，一名广东省番禺市的货车司机，驾车从广东到上海。4月20日，途经江西省上饶地区时，自觉有发热症状，到当地医院诊治，被列为"非典"疑似病例。

在江苏省苏州市，一个来自北京的旅行团内，一位67岁的游客有呼吸道感染发热症状，4月20日20时，他被送入医院诊治，列为疑似病例。

4月20日，浙江省卫生厅宣布，杭州市发现3例输入性非典型肺炎病例，患者为3兄妹。4月12日，他们全家6兄妹分别从北京、上海、杭州会聚武汉扫墓。来自北京的大姐当时已出现发热、咳嗽等症状，返回北京后，于4月19日被确诊为输入性非典型肺炎。4月18日，在杭州的3兄妹也出现发热、咳嗽等症状，4月19

日晚，被确定为"非典"病例。

2003年4月21日，一名阜阳的打工妹乘深圳至郑州的列车，从深圳返回。在4月17日，她自觉高热，全身酸痛。4月19日，她到深圳横岗镇医院就诊。因经济困难，她决定回乡。4月22日下午，她抵达阜阳，其家人送至阜阳市第一医院就诊。23日晚，确诊为"非典"。

截至4月30日，全国报告有疫情的省份达26个。疫情正以超乎人们想象的速度在全国蔓延传播。

世界卫生组织关注

2003年3月,世界其他几个国家开始出现同样症状的病人。首先是在越南河内,接着在加拿大、新加坡相继出现。

事后的调查表明,这些病人的病毒追踪溯源来自中山二院的刘剑伦医生。

2月21日,广州中山二院肾内科医生刘剑伦从深圳罗湖口岸进入香港参加一个亲戚的婚礼,入住九龙京华国际酒店。

刘剑伦后来在香港卫生署的调查中被认为是引发香港SARS的源头。在他入住的酒店中,有6名不同国籍的人被传染了。

这些被传染者又将病毒通过国际旅行带到了加拿大、新加坡、越南。刘剑伦本人也于3月4日,在就诊的广华医院病逝。

当时,越南首先报告了世界卫生组织。

3月份,世界卫生组织高度关注我国的疫情和防治工作。先后3次派专家来我国,与我国专家就SARS防治的流行病学、病原学、临床诊断和治疗以及控制措施开展了协助工作,并提供技术支持。

3月12日,世界卫生组织向世界发出SARS警报。

3月15日，世界卫生组织表示在香港发现的刚命名的SARS和在广东的"非典"病征相似，并确认广东的非典型肺炎和世界其他地区流行的SARS属同种疾病，二者存在的较小差异并不影响对该疾病的定义。这使得广东开始成为世界关注的焦点。

至3月中下旬，SARS在香港大规模爆发。其时，中国其他省市已经出现了"非典"病情。

从4月1日起，我国卫生部每天向世界卫生组织报告非典型肺炎最新疫情。

4月2日，世界卫生组织正式发出不要去香港和广东旅游的警告。

4月3日，在国家卫生部国际合作司李万山陪同下，世界卫生组织官员一行7人，到广东省访问考察。

2003年4月5日，世卫组织5名专家前往中山大学医学院，与一直致力于研究治疗SARS的中国病毒学和传染病学专家进行了座谈，并参观了中山大学医学院的微生物实验室。

世卫组织的专家们认真听取了中山大学专家的介绍，并就广东地区发病人的症状等问题进行了解。他们还共同探讨了SARS的源头及治疗方法。

世界卫生组织专家约翰·麦肯锡先生接受采访时称，病源可能来自动物。

世界卫生组织赴粤考察团的7名专家，在广东迎宾馆召开新闻发布会，高度赞扬中国政府对人民的健康

"非常负责",还对广东省所作出的努力和所取得的成效表示赞赏,同时指出,广东防治"非典"经验对全球有指导意义。

4月7日晚,黄华华在广州会见了世界卫生组织专家,他表示,欢迎专家们前来广东省考察SARS的防治情况,并对此表示感谢。希望专家们能帮助广东查找到该病的原因。

广东省副省长雷于蓝介绍预防治疗工作时表示,党和政府始终置人民生命于首位。

4月8日,世界卫生组织专家小组在广东考察了一周后离开广州。

此后,全球13个实验室联手研究SARS的元凶,仅仅8天就确定病原体为一种新型的冠状病毒。

4月15日后,世界卫生组织专家又在北京、上海等地进行考察。

4月16日,世界卫生组织在日内瓦宣布:

> 经过全球科研人员的通力合作,终于正式确认冠状病毒的一个变种是引起SARS病的原体。

在显微镜下,致命的SARS病毒竟如皇冠般美丽。但对SARS病毒来自哪里,又通过什么途径传染,都还是未知。

当时，被称作"非典型肺炎"的 SARS，是世界卫生组织对"严重急性呼吸系统综合征"的正式命名，英文全称为 Severe Acute Respiratory Syndrome。率先为它命名的世卫组织传染病专家卡洛·乌尔巴尼因追踪研究 SARS 不幸感染殉职。

4月27日，广东省成立了防治"非典"指挥部，提出要"四早"：早发现、早诊断、早隔离、早治疗，以控制疫情，防止蔓延。

进入5月以来，在广东各地市的交通站多了量体温和发放健康申报表的工作人员，对每个旅客逐一检查。

至5月17日，广东在2月"非典"高峰期三个月以后，终于出现了零报告。此后，一直维持零记录。

在5月23日17时，世界卫生组织在日内瓦总部宣布，撤销对广东的旅游警告。

世界卫生组织专家的参与帮助，促进了防治"非典"工作，加快了我国战胜"非典"的进程。

北京发现首例"非典"病例

2003年3月2日凌晨,解放军北京301医院接诊了华北第一例输入性"非典"患者。

301医院呼吸科主任刘又宁和他的同事们,成为北京地区最早面对"非典"的医务工作者。

原来,在2月18日,山西太原一位女商人徐丽,前往广东出差。2月22日,在深圳到广州的火车上,她感到浑身乏力、发烧。2月23日,她返回山西太原后,在多家大医院求诊,但一直高烧不退、呼吸困难。

3月2日凌晨1时,她来到北京301医院,病情是"发热、待查",随即住进了急诊科病房。

3月3日上午,急诊科主任沈洪为她进行了咽喉、淋巴检查,同时,X光片显示她的肺部有片状阴影。因此,将她转入了呼吸科病房。

3月3日11时,呼吸科医生佘丹阳没戴口罩,拿着听诊器来到这位病人面前,问:"去过什么地方?"

她答:"广州。"

佘丹阳当即打了个激灵,急忙问:"都用过什么药?"

这位病人一时无法说清楚,佘丹阳就与山西太原的主治医生通了电话,回答"都是抗菌、抗病毒的好药"。

佘丹阳向这位病人的母亲交代:用抗生素,这么多天不见好，情况不妙，如果是广州肺炎，死亡率很高。当时，佘丹阳仅仅听说过"广州肺炎"。

这位病人的母亲哭着说："我也发烧了。"

当天晚上，佘丹阳上网查资料，传说中的"广州流行肺炎"临床表现、怎么防护、怎么治疗，一点可供参考的信息都没有。

3月4日，301医院著名呼吸病专家、呼吸科主任刘又宁走进这位病人的病房。护士长追上前去，给他递上了口罩。

此前，刘又宁曾担忧地说，如果不采取措施，广州不明肺炎迟早会传到北京。这时，刘又宁脑海里闪过几个关键词："广州""发烧""抗生素无效"，他本能地判断，这位病人的病情与广州的不明肺炎有关。

为此，他改了医嘱，停用进口的抗细菌的药物，改用抗衣原体药物。可能徐丽本人伴有衣原体合并感染，一天后，徐丽体温降下来了。

同时，刘又宁决定，让这位病人的母亲立刻离开招待所，住进病房。这是当时条件下所能作出的最大努力了。刘又宁说："我们凭着医生的职业敏感，为北京拉响了第一声'非典'警报。"

考虑到该病有极强的传染性，呼吸科领导迅即向医院汇报，建议将这位病人转院治疗。但面临的难题是，国家还没有将这种疾病纳入法定传染病管理，直接转入传染病医院，人家会不会接收？

可喜的是，解放军302医院二话没说，同意接收。这位病人于3月5日转入302医院住院治疗。

3月7日，刘又宁在西安开会，向参会者通报了这位病人的病情，他提醒全国各地的医生："回去后，你们每个人都会遇到这个病。"

3月10日以后，在成都、济南开会，刘又宁带去了这位病人的胸片，再次提请各地医生注意。

3月9日，301医院成立了春季呼吸道传染病领导小组和专家组；

3月12日，制订了春季呼吸道传染病防治办法；

3月16日，建立了针对疫情的发热门诊；

从3月23日开始，先后对有关医护人员进行了隔离和医学观察。

自从3月初，301医院接诊了第一例输入性"非典"患者，在3天的时间内，由于处置及时，密切接触病人的急诊科、呼吸科医护人员和同病房患者没有发生感染。

但是，人们没有想到，那仅仅是一个序幕，一个多月后，抗"非典"战役进入了更为严峻的时刻。

二、中央沉着指挥

- 温家宝强调:"一个负责任的政府,必须时刻把人民的利益放在第一位。"

- 考虑到"非典"时期在大陆的同胞的实际困难,有关部门决定:"台湾同胞在祖国大陆感染'非典',医疗费用标准与祖国大陆民众标准一致。"

胡锦涛在广东视察

2003年4月14日,中共中央总书记、国家主席胡锦涛,突然出现在广州最繁华的商业街北京路上。人群顿时沸腾起来。

在同"非典"斗争的紧急关头,在这座已有1000多人感染"非典"病毒的城市里,在疫情仍十分严峻的时刻,胡锦涛的手和普通百姓的手紧紧地握在了一起。

在广东考察期间,胡锦涛还到广东省疾病预防控制中心看望医护人员。他说:

> 广东地区发生非典型肺炎疫情后,党中央、国务院十分关心。我们既为一些群众的身体健康和生命安全受到严重威胁而揪心,又为广大医护人员通过艰苦细致的工作使患者恢复健康而感到欣慰。

4月20日,当得知中国非典型肺炎科研攻关取得重大进展时,胡锦涛又来到军事医学科学院微生物流行病研究所和中国科学院北京基因组研究所,向同"非典"斗争中取得重大科技成果的科研人员表示衷心感谢和亲切慰问,勉励科研人员再接再厉,运用科学力量战胜非典型肺炎疫情。

5月,胡锦涛又先后赴天津和四川考察并检查"非典"防治工作。

在此期间,温家宝总理也先后来到中国疾病预防控制中心、北京佑安医院和北京市大中小学、幼儿园、建筑工地、超市、社区,考察防治工作,慰问医护人员,了解师生、工人、居民的健康状况。

温家宝强调:

> 一个负责任的政府,必须时刻把人民的利益放在第一位。

温家宝又先后赴广东、云南、山西考察防治工作。

在中华民族的危难时刻,中共中央、国务院高度重视,多次召开会议专题研究部署,采取了一系列重大措施。

4月17日,中共中央政治局常务委员会召开会议,专门听取有关部门关于非典型肺炎防治工作的汇报,并对进一步做好这项工作进行了研究和部署。

会议强调指出:

> 做好非典型肺炎的防治工作,关系到广大人民群众的身体健康和生命安全,关系到中国改革发展稳定的大局。

国务院把非典型肺炎防治工作放在突出位置。在不到 1 个月的时间里先后召开 4 次常务会议，有 3 次专门研究和部署非典型肺炎防治工作，果断作出决定：

将非典型肺炎列入中国法定的传染病进行依法管理，每天向世界卫生组织通报情况，并向社会公布疫情，还决定建立国家应对突发公共卫生事件应急处理机制。

4 月 23 日，国务院常委召开会议，决定成立国务院防治非典型肺炎指挥部，中央财政设立 20 亿元非典型肺炎防治基金。从组织领导、工作机制、疫情防治和舆论宣传等方面，采取了一系列措施。

党中央、国务院密切关注疫情的发展趋势，明确提出要以对人民高度负责的态度，及时发现、报告和公布疫情，决不允许缓报、漏报和瞒报。否则，要严肃追究有关领导人的责任。针对"非典"防治工作中存在的问题，中央果断对卫生部和北京市政府主要负责人的职务作出调整，并向有关地方派出督查组。

疫情似火，一道抗击的防线紧急构筑。面对一些地区非典型肺炎蔓延的严峻形势，全国各级党委和政府进一步明确领导职责，建立科学防范体系，采取积极有效措施，扎实做好"非典"防治工作，紧急行动起来了。

上海紧急行动起来了。以市疾病预防控制中心和三级医疗预防网为主力，上海迅速启动公共卫生重大突发事件应急处理机制：

制订"非典"防范预案，细化对各特殊人群的防治应急预案；发布防治工作指南，落实诊疗常规；加强人员的培训，成立了由20位分子病毒等专家和10位中医组成的两支专家咨询组，专用实验室24小时运作。

夜幕降临，北京市疾病预防控制中心依然灯火通明。卫生应急处理指挥中心偌大的屏幕上随时收集各区县的监测报告，流行病学调查队员们紧急汇总当天的信息。

在防治疫病的紧要关头，北京市建立了严密的疫情监测体系，畅通的信息网络、严密的防治网络。全市指定6家专门治疗"非典"患者的医院，并加强专家会诊和抢救小组的力量，部分区县也专设了留观"非典"病人密切接触者的医疗机构。

4月28日，经过7天7夜紧张施工，有1000张病床的北京小汤山非典型肺炎收治定点医院落成，从全军抽调的1200名医务人员分三批进驻，5月5日全部到位。

大中小学校、幼儿园、公共交通工具、商场等人群密集场所，成为"非典"防治的重点部位和重点环节。

教育部要求各高校增强师生员工防病意识和自我保护能力，对学生宿舍、食堂、教室、图书馆、实验室等重点场所定期进行消毒，并保证空气流通；为学生宿舍配发体温计，对体温高者进行密切观察、排查。

中国民航总局发布公告，所有国内航班旅客，在办理登机手续前，必须认真如实填写《健康申报表》。对机场发现患有非典型肺炎的旅客，将劝阻其登机。

铁路、交通等部门紧急采取措施，对在交通工具上发现的"非典"病人或疑似病人，立即实施隔离。

广东省全面开展防治"非典"知识普及、全民健身运动和爱国卫生运动，8000多万人动员起来，清扫房屋和街道，冲洗露天设施，消除卫生死角，把防治"非典"工作推向高潮。

面对突如其来的"非典"疫情的严峻考验，在党中央、国务院的坚强领导下，全党、全国人民万众一心，众志成城，抗击"非典"。

温家宝发表重要讲话

2003年4月6日16时,党中央政治局常委、国务院总理温家宝到中国疾病预防控制中心考察工作,并与医学专家座谈。

温家宝一行来到中国疾病预防控制中心,在参观病毒控制中心和病毒实验室之后,同卫生部领导成员和部分著名医学专家进行了座谈。

温家宝在听取卫生部工作汇报和专家的发言后,发表了重要讲话。

温家宝指出:

党和政府始终把保护人民群众身体健康和生命安全放在第一位。当前把防治非典型肺炎的工作作为各级政府的一件大事,作为卫生工作的重中之重。从中央到地方都已经成立非典型肺炎防治工作领导机构和专家队伍,各项防治工作正在有序进行。

各级政府要充分认识非典型肺炎防治工作的复杂性、艰巨性和反复性,针对不同情况,采取相应的防治措施。已发现疫情的地区,要总结行之有效的防治经验,努力巩固防治成果,防止疫情出现反复，力争尽快消除疫情。

未发现疫情的地区，要保持高度警惕，制定和落实预防措施，一旦发现疫情，及时、果断地处理。各级政府都要切实加强疾病预防控制，抓紧建立和完善突发公共卫生事件应急处理机制。

温家宝还说：

我国卫生部门在非典型肺炎防治工作中同世界卫生组织一直保持着密切的联系。从4月1日开始，每天向世界卫生组织报告疫情，同时与世界卫生组织专家开展防治疫病的合作研究。卫生部门将定期向社会公布疫情，并通过各种方式向广大群众介绍防治措施和疾病预防知识。

温家宝还说：

中国政府对香港特别行政区和台湾地区出现的非典型肺炎疫情一直十分关注，我们愿与香港特别行政区和台湾地区开展多种形式的疫情控制和疫病防治合作。中国政府也愿与世界各国加强合作，共同采取措施，有效地防治疫病。

温家宝指出，我国当前经济持续发展，社会政治稳定，生产生活秩序正常，大多数地区没有出现疫情，局部地区的疫情已经得到有效控制。中国政府和中国人民热烈欢迎世界各国朋友来我国旅游、参观、访问和进行商务活动，我们将采取一切必要措施，切实保障来华朋友的健康和安全。

温家宝总理的发言，表示了中国政府完全有能力控制非典型肺炎蔓延的信心，也说明了党和政府高度重视非典型肺炎疫情，鼓舞了科研专家攻克"非典"难关的信心，也鼓舞全国人民团结一致，共同抗击"非典"的信心。

中央部署"非典"防治工作

2003年4月3日,温家宝总理主持召开国务院常务会议研究防治非典型肺炎。

4月4日,中共中央政治局委员、国务院副总理吴仪到中国疾病预防控制中心调研,就加强疾病预防控制,建立和完善突发公共卫生事件应急处理机制与卫生部负责同志和专家技术人员座谈。

吴仪强调:

> 要抓紧建立和完善突发公共卫生事件应急反应处理机制,特别是公共卫生信息系统和预警报告机制。

吴仪指出:

> 卫生工作关系到广大人民群众的健康和切身利益,非常重要。当前要把控制非典型肺炎作为卫生工作的重中之重,进一步加强监测,全面掌握疫情动态,落实预防措施,有效控制疫情。

4月6日，卫生部公布非典型肺炎病例或疑似病例的推荐治疗方案和出院诊断参考试行标准。非典型肺炎出院诊断参考标准规定，要同时具备三个条件：

  未用退热药物，体温正常7天以上；呼吸系统症状明显改善；胸部影像有明显吸收。

4月14日，传染性非典型肺炎被列入《中华人民共和国传染病防治法》进行管理。

4月15日，卫生部印发《传染性非典型肺炎临床诊断试行标准》。同日，卫生部办公厅发出通知，要求各级医疗机构在接诊疑似"非典"患者时不得以任何理由推诿。

4月18日，中共中央办公厅、国务院办公厅发出通知，要求进一步做好"非典"的防治工作。

通知强调：

  加强非典型肺炎的预防、治疗和控制工作，关系到广大人民群众的身体健康和生命安全，关系到改革发展稳定的大局，关系到国家利益和国际形象，必须沉着应对、措施果断，依靠科学、有效防治，加强合作、完善机制。

通知明确了五项基本任务：

进一步明确各级领导的责任；

建立防疫工作统一领导的机制；

千方百计尽快控制疫情的扩散和蔓延；

严格疫情报告制度；

统筹安排做好各项工作。

4月17日，中共中央政治局常务委员会召开会议，对抗击"非典"斗争提出总体要求：

沉着应对、措施果断，依靠科学、有效防治，加强合作、完善机制。

提出切断"非典"传播途径的科学策略：

早发现、早报告、早隔离、早治疗。

同时，会议决定：设立总额20亿元的非典型肺炎防治基金、成立全国防治非典型肺炎指挥部、专项部署农村"非典"防治工作等。

4月20日，当一种快速诊断"非典"的试剂问世的第二天，胡锦涛就来到军事医学科学院微生物流行病研究所和中国科学院北京基因组研究所，对科研人员表示感谢。

广大医护人员在救治疾患的过程中，观察病情、收集资料、总结经验，逐步掌握了"非典"症状和病理的基本规律，摸索出有效的救治方法。

当时，世界卫生组织称赞，中国的经验和方法对其他国家具有重要参考价值。

4月23日，温家宝总理主持召开国务院常务会议。会议决定，为进一步加强非典型肺炎防治工作，成立国务院防治非典型肺炎指挥部，统一指挥，协调全国非典型肺炎防治工作。

4月24日，温家宝在全国防治非典型肺炎指挥部成立会上强调，成立这个指挥部是党中央、国务院的重大决策，是加强非典型肺炎防治工作的重要组织保证。

温家宝要求，指挥部要扎扎实实做好10个方面的重要工作：

> 做好防治工作，准确统计并及时公布疫情，采取有效措施，提高防治效果；做好卫生检疫工作；组织科技攻关，尽快找到科学有效的防治方法；做好后勤保障工作；把农村疫情的防治工作做在前面，对城市农民工就地救治；加强学校的疫情防治工作，对患病师生要及时救治；加强社会治安综合治理；宣传传染病防治法与防治知识；加强国际合作，加强与香港、澳门特别行政区和台湾地区的合作；把北京市防治工作作为重中之重抓紧抓好。

4月29日，卫生部要求严惩防治"非典"不力的医疗机构负责人，要求各级卫生行政部门对本辖区医疗机构"非典"防治工作进行监督检查。

同日，财政部和卫生部下发《关于农民和城镇困难群众非典型肺炎患者救治有关问题的紧急通知》，明确规定对这部分人员中的"非典"患者实行免费医疗救治，所发生的救治费用由政府负担。

5月1日，卫生部、财政部、劳动和社会保障部、民政部就"非典"救治费用问题发出紧急通知，要求医疗机构救治"非典"患者简化手续，并规定检查费用和救治过程中发生的各项费用，采取记账方式，事后按照有关规定解决。

5月13日，卫生部根据《中华人民共和国传染病防治法》，针对非典型肺炎防治亟须解决的问题，制定了《传染性非典型肺炎防治管理办法》，于当日发布施行。

中央财政再次增加专项资金，用于中西部省、市（地）、县级疾病控制机构的资金达到29亿元。

国务院将"非典"列为法定传染病，依照传染病防治法进行管理。

5月12日，《公共卫生应急条例》紧急出台，这一重要条例标志着我国把应对突发公共卫生事件进一步纳入了法制化轨道，标志着我国处理突发公共卫生事件的应急机制进一步完善。

从医院到社区，全国一体化的"非典"疫情报送系统和指挥系统建立：取消当年的"五一"长假，减少因人员流动造成疫情扩散，严防疫情向农村扩散；通过媒体发布消息寻找"非典"患者周围乘客等公共机制健康运行。

从城市到农村，各地严格进行自我保护，防止本地区疫情向周围扩散：北京市控制大学生和民工返乡；上海拉响橙色警戒，从郊区开始布下严密的防治网络；各地对病区、外来人员实行医学隔离……

中国正在进行一场抗击"非典"的"城市攻坚战"和"农村防御战"。

在党中央和国务院的领导下，中国人民正在扭转最初猝不及防的被动局面，显示出面对危机时的应对能力。

卫生部组织抗击"非典"

从 2003 年 2 月 12 日开始，卫生部门在全北京市 11 家三级医院设立非典型肺炎监测哨点。

3 月初，又在全市各级医疗机构建立了监测哨点，进行疫情监测并定时向卫生防疫部门报告监测情况，并建立了每天向社会发布非典型肺炎信息的制度。

4 月 13 日，高规格的全国非典型肺炎防治工作会议召开。温家宝到会讲话，他说，预防、治疗和控制非典型肺炎，直接关系广大人民群众的身体健康和生命安全，直接关系改革发展稳定的大局，直接关系国家利益和我国国际形象。

4 月 14 日，中共中央总书记、国家主席胡锦涛考察广东省疾病预防控制中心，指出："当前要把防治非典型肺炎的工作，作为关系改革发展稳定大局、关系人民群众身体健康和生命安全的一件大事，切实抓紧抓好。"

同日，国务院又召开常务会议，由温家宝主持。会议听取并原则同意卫生部"关于建设完善国家突发公共卫生事件应急反应机制问题"的汇报，确定了当前要抓紧的几项工作是制定相关行政法规，从法律上保障突发公共卫生事件应急反应机制的运行是建立应急指挥系统，对突发公共卫生事件实行统一指挥，统一部署，统一行动等。

在 4 月 12 日，中国卫生部、财政部、铁道部、交通部、中国民用航空局发出通知，要求有关部门严格预防通过交通工具传播传染性非典型肺炎。随即，教育、旅游、交通等各部门都下发文件，要求抓好防治"非典"工作。各省市也纷纷召开会议，组织防治"非典"工作。

卫生部对"非典"的防治工作制定了更细致、严格的规范。比如要求临床医师在接诊疑似传染性非典型肺炎患者时询问流行病学史；加强对病原学研究的管理工作。同时要求不得擅自对外发布非典型肺炎的研究成果和重大发现。

4 月 14 日，卫生部继 2 月 13 日和 4 月 2 日之后，又公布了新的非典型肺炎的诊断标准，包括流行病学史、症状与体征、实验室检查、胸部 X 线检查和抗菌药物治疗无明显效果等五个方面。

构筑农村预防战线

2003年5月31日,在抗击"非典"攻坚战的关键时刻,党中央政治局常委们接连深入各地,指导和推动抗击"非典"工作。

他们每到一地,都要前往农村,实地检查工作,要求坚决采取措施,防止"非典"疫情向农村蔓延。

5月11日,党中央总书记、国家主席胡锦涛在考察中,叮嘱农村医疗工作者:"党中央、国务院已决定,要切实加强乡镇卫生院建设,从人员到设备都要加强。希望你们继续努力。"

在5月6日召开的全国农村非典型肺炎防治工作会议上,中央政治局常委、国务院总理温家宝指出:"对农村非典型肺炎防治工作的重要性、艰巨性和紧迫性,必须有清醒的认识。"

在5月21日召开的国务院第二次全体会议上,温家宝再次强调,广大农村要落实各项政策措施,实行群防群控,坚决防止疫病在农村蔓延。

一方面要控制民工流动,有效切断"非典"的传染链。

我国有9亿农村人口,约有1亿人离乡打工,其中3600多万人跨越省区打工,是一个易感染群体。帮助他们免受"非典"袭击,是对农民利益的切实保障。

从4月26日到5月18日,我国内地农村共报告195例临床诊断病例,分布在75个县,其中超过5例的县为6个,有45个县发生1例病例,另外还有17个县发生2例病例,7个县发生3至5例病例。这表明"非典"疫情没有向广大农村蔓延。值得注意的是,在农村的发病人数,从5月1日至5月14日出现过缓慢上升趋势。

防止"非典"向农村蔓延,根本的措施是预防,切断病毒感染链。当时的主要措施是,在出现民工疫情的城市里,对民工就地预防、就地隔离、就地治疗。对返乡农民,建立县、乡、村三级疫情报告制度。

控制民工的大规模流动,是切断"非典"病毒传染的关键。对此,农业部副部长刘坚指出:"我国主要通过城乡互动、多部门合作解决这个问题。首先是控制疫情发生城市的民工回乡,使他们留在打工城市。这就要对'非典'患者和疑似'非典'病人切实收治。"

财政部、卫生部5月2日发出紧急通知,明确规定对农民和城镇困难群众中的"非典"患者实行免费医疗救治。民工在城市打工,患了"非典",一律实行免费治疗,包括餐费、住院费,使他们解除疑虑。

为了保证这个措施的落实,国家已拨出20亿元专项资金。国家还规定,使用农民工的城市企业在疫情发生期间不能解雇农民工。

我国民工返乡有一个规律,即农忙季节要返乡务农。

为了稳定外出民工，5月以来，各地农村纷纷组织各种形式的代耕代种队伍，帮助民工家庭解决生产困难。

以四川为例。四川省有外出民工600万人。进入5月，以农村党员、民兵为骨干，约百万人组成了10万余支"服务队"，帮助外出民工家庭干农活。由于措施有力，四川的大春粮经作物栽播顺利，栽插进度与常年持平。在多种措施的作用下，当年春天的大部分外出川籍民工没有返川。

在我国北方和中部省区农村，普遍采取了类似于四川的做法，取得了积极效果，农民工大量返乡势头总体上比较平缓。

但是，庞大的民工群体出现流动又是必然的，更何况增加了"非典"因素。据农业部当时的调查，近期以来，约有800万名民工返乡，其中400万人是季节性返乡，还有400多万人是受"非典"影响返回的。有鉴于此，我国大部分省区建立了县、乡、村三级疫情报告体系，采取早发现、早报告、早隔离、早医疗的方式跟踪控制返乡农民。

第二方面，就是要构筑坚强的农村防疫线。

村村设防，群防群控，构筑防止"非典"蔓延的坚强战线，是农村防治"非典"局面的写照。

在山西，省卫生厅一次印制20万份宣传画，迅速投放到各重点乡、村、户。在山东，已有10万册防治"非典"知识普及读物和6万张挂图免费送到农民手中。湖北全省农村已建立疫情监测点、报告点3万多个,由专人负责。江西对农村返乡人员全部进行了登记。甘肃已建立全省的村、乡、县报告体制……

河北武安市外出民工很多。4月20日至5月11日,陆续有8200多人回乡。武安采取市、乡、村三级责任制,在入市口、汽车站、火车站设立15个一线卫生防疫检查站,24小时不间断地对返乡人员逐一登记造册,测量体温。发现有发热、干咳等症状的,即送往当地留观站观察。

监控期间,要求本人自控,足不出户,家人看护,不随便外出,村民监控不参加聚会活动,乡村干部和卫生人员每天跟踪情况,由村党支部书记、村委会主任、监控人和医生共同签字后上报,将返乡人员全部纳入了监控视野。截至5月11日,武安检查出发热症状返乡农民43人,均及时隔离观察,所有乡村未发现"非典"疫情。

一则来自河南的报告很能说明问题。5月10日,河南省尉氏县"非典"防治指挥部接到一个当地电话举报:

> 该县某村樊某在北京当保安,曾与一名"非典"病人住在同楼,现已被隔离。但是他自觉发热后逃出了隔离区,将坐火车返乡。

接到消息后,有关部门即刻进行了核实,由开封市市长刘长春上报，再由省里将此信息通报北京。河南方面还布置郑州铁路部门，一旦发现樊某上车即行劝阻。当天傍晚，北京方面答复，已通知各大车站采取观察检测，如果樊某有异常症状，阻止其返乡。

与此同时，尉氏县县长曹法英、十八里镇党委书记夏学民给樊某打电话，劝他安心留京治疗，他家里"三夏"麦收由镇政府负责完成。

经再三劝阻，樊某仍未打消返乡念头。但在电话联系中，已掌握了他乘坐的车次、车厢、座号等基本情况。尉氏县即将上述情况发往北京火车南站和北京铁路分局，同时布置镇、村两级做好接应准备。

多方配合，通力协作，历经5个多小时的紧张工作，5月10日晚，在樊某乘坐的列车启动前15分钟，北京方面将有发病症状的樊某拦阻隔离。

在我国农村，数百万计的乡村干部和百万乡村医生一道，投入了规模浩大的抗"非典"工作。

河北省顺平县石门庄村医生石五林，在4月中旬就关闭了自己的诊所，自购防护服、体温计和消毒用品，投入抗击"非典"工作。

5月5日，因日夜操劳，56岁的石五林为村民测量体温时突发心脏病，以身殉职，他是广大乡村医生的突出代表。

第三，在加强华北农村抗"非典"战场方面，从中央到地方全面组织各部门、各系统参与防治工作。

当时，因为河北、山西、内蒙古三省区"非典"确诊病例都列全国前五位，因此事关大局。

5月14日，全国防治"非典"指挥部举行会议，研究部署加强华北地区的联防联控。

在会上，卫生部疾病控制司司长齐小秋指出："我国农村经过几十年建设，尤其是改革开放以后，建立了比较完善的三级医疗预防体系。尽管防治'非典'工作非常艰巨，但是我们毫不怀疑，最终能够控制这个疾病。"

截至5月15日，以北京为中心的华北五省区市有诊断病例3492例，约占全国的67%。

在河北的"非典"临床诊断病例中，排在第一位的是农民，占全省病例的22%，这些患者中，从发病地区回家的民工和学生造成的输入性病例较高，还在一定范围造成本地的继发感染。

河北有5000万农村人口，地处"非典"高发区京津、山西和内蒙古之间，河北与北京连接的各种道路有1000多条，人员往来非常密切。只要河北还有"非典"病例，京津两市必然受到影响。

因此，华北作为全国防治"非典"的主战场牵动了党中央、国务院和全国人民的心。抗击"非典"之役，关键看华北，尤其看河北。

为保护人民生命安全，尽可能减少"非典"造成的损失，河北省政府动员全省人民积极抗击"非典"。

从5月1日开始，为进一步推动河北省非典型肺炎防治期间的卫生监督工作,督促各地全面贯彻落实卫生部和省卫生厅,在非典型肺炎防治期间,下发的一系列有关文件的精神和要求,省卫生监督所制订了全省督查方案,并分三组对各市进行督导检查。

当时,在河北省无极县,仅有的三例"非典"确诊病例均来自北侯村,为防止疫情扩散,自5月1日起,无极县政府就对该村实行15天的隔离。

11日下午,世界卫生组织的专家马圭尔,在当地干部陪同下,亲自到处于隔离状态的北侯村考察。

河北是世卫专家考察广东、北京、上海后到访的又一个省级单位,也是世卫专家第一次到中国农村地区考察"非典"防治工作。

下午13时左右,马圭尔来到北侯村,远远看到村口拦有两道警戒线,旁边还支着两个小帐篷。村口执勤的警察告诉记者,北侯村共有5个入口,每个入口都有警察和乡镇干部日夜把守。

马圭尔在村口登记后,按要求戴上口罩进入村庄。记者看到,整个村庄除了几位穿戴全副防护服的疫情监督员外,街道上空无一人。

村中的寂静使得马圭尔十分好奇。当地负责人告诉他,县政府要求该村村民只在自家活动,不要四处串门,而村民们也都十分配合。

"那他们的日常生活怎么办?"马圭尔关心地问。

"他们的日用消耗品均由县政府提供。到目前为止,仅鸡蛋我们就已经送来了 3000 多公斤。"一名当地官员答道。

这名干部还向马圭尔出示了一份清单，上面详细记录了自隔离之日起，当地政府向该村提供的蔬菜、鸡蛋、食盐、食用油、香料等食品的数量。

"农作物呢？"看到村边长势旺盛的小麦，马圭尔又问。

"隔离期间小麦的田间管理和病虫害除治都由县农业局承包了。"一名负责人回答。

当得知该村的村医因接触过"非典"病人目前正在家中隔离时，马圭尔又关切地问："如果村里有人在隔离期间生病怎么办？"

当地干部告诉他："县医院的医疗队每天早上 8 时 30 分到村里来巡诊，目前，光是免费医药品就已经提供了 1.3 万多元。卫生防疫部门每天对全村消毒一次，而且还开通了心理咨询热线。"

考察完毕，望着安静的村庄，马圭尔说："这里每一个人的责任感使得这一工作得以实施，给人留下深刻印象。这一点恐怕在世界上其他一些国家很难实现。"

进入 4 月，河北、山西、内蒙古从城市到农牧区均已建立严密的疫情控制系统，发挥了巨大作用。

进入 5 月中旬，山西的"非典"临床诊断病例从上旬的平均每天 23.4 例下降为 10.5 例，5 月 14 日，还第一次出现了新发临床诊断病例零报告。

内蒙古的疫情上升势头也得到遏制，5月中旬连续4天没有新增病例。

截至5月22日，河北累计报告"非典"临床诊断病例227例，约占全国内地的4.3%，5月前半月疫情呈缓慢上升势头。

当时，全国各地加强了对河北抗"非典"的支援，河北的"非典"防治工作取得了阶段性成效。

党和国家领导人到农村视察抗"非典"工作，国务院召开专门会议部署农村防治"非典"工作，充分体现了党和政府对广大农民的关怀，体现了党和政府全力以赴做好农村"非典"防治工作，切实保护人民群众的身体健康和生命安全的坚强决心。

关心在大陆的台胞

2003年5月,台湾某媒体报道了一则消息:

一名身在广东的台商告诉台湾记者,在"非典"的特殊时期,有祖国大陆政府强有力的防治管理和对台商的关心支持,我们在这里感觉很安心。

其实,这也是北京、上海、山东等地许多台胞的共同心声。而这一切,与祖国大陆政府和各界人士所作的努力是分不开的。

4月,党中央总书记、国家主席胡锦涛在考察广东"非典"疫情时,亲赴广州经济技术开发区看望台商,了解台资企业的生产和工人们的生活情况。

国务院总理温家宝在北京考察时和在主持国务院会议讨论"非典"防治情况时多次强调:各部门要重视台资企业的"非典"预防工作。

急台胞所急,想台胞所想。祖国大陆有关部门纷纷推出有针对性的措施,切实为台胞排忧解难:

从4月9日起,国务院台办多次向各省、自治区、直辖市台办发出通知,要求各地台办认真做好在大陆台胞的防治"非典"工作,加强对台商、在大陆高校就读台生、来大陆旅游和参加交流活动的台胞进行有关防治"非典"的知识宣传,妥善处理台胞预防及治疗过程中所发生的费用等各类问题。

各级台办迅速成立了防"非典"领导机构,建立应急工作机制,通过各种渠道准确掌握当地台胞健康状况。

考虑到"非典"时期在大陆的台胞的实际困难,有关部门决定:

> 台湾同胞在祖国大陆感染"非典",医疗费用标准与祖国大陆民众标准一致。

公安部出入境管理局发出紧急通知,要求各地公安机关在"非典"疫情期间,为台湾居民在大陆停留提供便利,视情况可予办理3个月有效的停留延期手续。

教育部门相继发文,要求各地教育主管部门和部属院校,切实做好台生防治"非典"工作。针对一些在祖国大陆就读的台湾学生因"非典"离校的情况,教育部表示:疫情解除后有关学校会对他们返校继续学习作出妥善安排,不会影响其学籍。

在这个非常时期,身在祖国大陆的台湾同胞虽远离亲人朋友,却深深感受到来自祖国大家庭的温暖和关怀。

五一节前夕,在京的台湾同胞收到了来自市台办的慰问信。

信中写道：

在这样的非常时期，你们与我们同在。北京市台办将千方百计协助在京工作、生活的台湾同胞和台资企业防控"非典"，台湾同胞和台资企业有什么困难和问题，北京市政府将全力帮助解决……

5月8日，国务院台湾事务办公室主任陈云林、海峡两岸关系协会常务副会长李炳才考察了京、津两地台资企业防治"非典"的情况。在天津，他们走访了顶新、英保达、光宝等台资企业，详细询问了企业在防治"非典"和生产运营方面遇到的困难。

疫情发生后，广州市各级台办组织检查小组走访了600多家台资企业，赠送了6万多份预防"非典"资料，并协助企业购买口罩、消毒水、红外线体温仪等用品。

福建是台湾同胞的主要祖籍地，防治"非典"的战役一打响，福建省委、省政府便把确保在闽台胞安全、保障台资企业正常运转列为重要内容之一，有针对性地采取了一系列措施，包括组织专人对台轮停泊地、台胞接待站等场所进行重点消毒等。从4月底以来，福建各级领导经常深入台资企业帮助解决实际困难。

各级政府和有关部门的努力，赢得了台商的好评，也赢得他们的密切配合。绝大多数台资企业都能做到防患于未然，及时采取有效的预防措施。全国各地台资企业普遍运营正常，台胞情绪稳定，生活平静。

福建泉州凌毅工艺有限公司郭老板带领员工到广州参加春季广交会，返泉前主动打电话要求直接去医院体检；泉州富邦食品有限公司最早实行厂区隔离生产，用耳温枪对每位员工每天进行体温测量。

苏州台资企业明基电通公司制定了一整套防"非典"对策及预案，确保了企业8000多名员工的健康和生产的正常进行。

走进广州最大的台资商业企业"好又多"量贩，只见顾客仍像以往一样络绎不绝，人们在琳琅满目的货架间穿梭选购，收银台前人们排队等候付款。与往日不同的是，导购小姐戴上了口罩恭迎顾客，清洁工不断地给手推车、扶梯消毒。

同舟共济，共渡难关。连日来，身在祖国大陆的台胞踊跃捐款捐物，为抗击"非典"尽一己之力。台企福州福华纺织印染有限公司陈建男董事长说得好："我们都是一家人，我们负有共同的责任。"

三、万众齐心

- 家住小汤山的一位居民感慨地说："开工那天，我来看了看，没想到过几天再来一看，已经建起来了，真是神速！"

- 在社区，在农村，在学校，在工地……一张科学防控"非典"的网络迅速建立、张开，覆盖到了全市的各个角落。

- 在郑州火车站，调度人员切实保证每天200多趟中转列车和始发列车上的数千件抗"非典"物资及时运往北京、山西、内蒙古。

北京市临危不乱

2003年的春天，正当北京人民全力贯彻十六大精神，为"率先基本实现现代化"和"办一届最出色的奥运会"两大历史任务阔步迈进之时，非典型肺炎这一人类从未遭遇过的疫病，以意想不到的速度和意想不到的程度向北京袭来！

3月初，北京发现首例输入性"非典"病例；4月20日，卫生部常务副部长高强宣布，北京报告"非典"病例339例；4月27日，北京"非典"病例累计突破1000例；4月29日，当天新增病例达到创纪录的152例；5月7日，北京"非典"病例累计突破2000例……

医生告急！病床告急！医疗物资告急！口罩脱销，消毒液紧缺，学校开始停课，游人纷纷离京，市场出现波动，市民情绪恐慌……人民身体健康与生命安全受到极大威胁！

北京，面临着前所未有的严峻考验！紧要关头，在党中央、国务院的直接领导下，北京市委、市政府带领1300多万市民直面危机，迎难而上，对"非典"展开了一场坚韧、顽强、壮烈的阻击战。

胡锦涛总书记和其他中央领导同志亲临一线，深入调查研究，看望医护人员，对北京抗击"非典"斗争作出一系列重要指示。

4月17日，中央政治局常委会召开会议，专门听取有关部门和北京市关于非典型肺炎防治工作的汇报，并对进一步做好这项工作进行了研究和部署。

会议批准成立北京防治非典型肺炎联合工作小组，全面统筹北京地区非典型肺炎防治工作，这一决定在北京抗击"非典"斗争中起到了关键性的作用。

4月20日，中央从全国和北京市的大局出发，果断对卫生部和北京市政府主要负责人的职务作出调整。

在以胡锦涛为总书记的党中央的坚强领导下，北京市及时调整思路，完善措施，整合资源，扭转了初期的被动局面。

设在正义路2号北京市委院内的北京防治非典型肺炎联合工作小组，是北京抗击"非典"的前沿指挥所。

中央政治局委员、北京市委书记刘淇担任组长，中央和国务院有关部委、解放军和武警部队负责人参加。下设各小组的组长全部由市委副书记、副市长担任。

联合工作小组迅速启动危机处理和社会动员机制，从领导体制、医疗救治、科技攻关到群防群控、物质保障、市场供应等各方面，全面整合，有效运转。

为了加强决策的针对性，联合工作小组会议隔日一次，基本都安排在晚上。朦胧的夜色中，各路负责人匆匆赶到市长会议室，通报前两天的情况，布置后两天的工作，所有议题都浓缩成6个字：问题、办法、落实。

会议室里有疲倦的面容，有嘶哑的声音，更有"没问题""现在就落实"这样坚决的回答。一项项果断的决策，一道道及时的命令，从这里传出……

在这场没有硝烟的战斗中，北京市广大党员干部身先士卒，在医疗机构、疾控中心、科研院所、学校、工地、市场、社区、村落，到处都有党员的身影……市委书记刘淇光是工地就跑了20多个；代市长王岐山等市领导深入社区、市场、农村一线，确保抗击"非典"各项措施及时到位、落到实处。

北京石景山区鲁谷社区，1700多名社区党员来到党支部，要求参加抗击"非典"的工作。当时在这个社区，活跃着108支党员志愿者队伍，1153名党员志愿者利用社区阅报栏、楼门文化阵地、社区小报等广泛宣传防治知识，为101户"低保"家庭定期送去营养品和防护用品。

在危急时刻，最能显示共产党人无私无畏的英雄本色。

"恳请组织上信任我，把最艰巨的任务派给我，我保证服从指挥，冲锋在前，坚决完成党和人民交给我的任务……"这是公交车司机杜春强给党组织信中的一段话。得知北京市医疗部门急需抽调50名急救车司机，杜春强和北京公共交通总公司的267名党员，在第一时间报了名。

"一座不垮的大厦，必定有高大的栋梁；一个不倒的巨人，必定有刚直的脊梁。"在这段患难与共的日子里，京城百姓一个坚决实践"三个代表"重要思想、全心全意执政为民的政党，看到了一个敢于负责、务实高效的政府，正在调动一切可投入的资源，尽最大努力保护着人民。

北京市统计局的抽样调查结果显示，超过99%的市民表示拥护政府采取的抗"非典"措施，91.5%的市民对北京市当前和今后的发展充满信心。

在抗击"非典"的斗争中，北京市凝聚了党心、民心、军心，锤炼了万众一心、众志成城，团结互助、和衷共济，迎难而上、敢于胜利的伟大民族精神。

迅速新建小汤山医院

2003年4月下旬,"小汤山速度"在抗击"非典"战役中创造了奇迹。

为提高收治率,北京防治非典型肺炎联合工作小组决定,在小汤山新建一所拥有1000张病床的"非典"专科传染病医院。

"非典"专科传染病医院设施复杂、要求严格。接诊室、接诊专用通道、医护人员专用通道、消毒系统、呼叫系统、氧气站、消毒洗车房、污水处理系统、专用垃圾焚烧系统,一个都不能少,一点技术疏漏都有可能造成不良后果。

在这里,病人与医护人员的物品要严格分开,病人和医护人员通道要隔离,所有病房均配有吸氧设备、紫外线消毒灯和真空吸痰设施。

有人担心,这座新医院要等到什么时候才能使用?

疫情如火!赢得时间就能为更多的患者争取主动!

4月22日晚,北京防治非典型肺炎联合工作小组作出决定后,负责此项工程的副市长刘志华就现场调配人力、物资,协调6大建设集团4000多名建设者日夜会战。

让我们来看看"小汤山速度":

在4月23日凌晨,北京市建工集团、城建集团、住总集团、城乡集团、市政集团和中建一局6家企业4000余名施工人员携500台装备开进施工现场；

24日，医院结构完成30%，内装开始；

25日，医院结构完成60%，内装完成30%；

26日，施工人员增至7000人，北京市委书记刘淇视察施工现场；

27日，医院主体工程完工，进入市政收尾工程；

28日，收尾工程完工；

29日，通过验收；

30日，一座占地120亩、设施齐全、环境优美的专科传染病医院落成，并交付使用。

前后仅7天7夜的时间！

5月1日，北京小汤山非典型肺炎定点医院正式启用，首批"非典"患者156人顺利入住。

这所医院占地120亩，建筑面积2.5万平方米，病床1000张。每间病房约15平方米，房间内安装了供氧、送风、呼叫系统和紫外线消毒灯、真空吸痰等设施，还有可淋浴的独立卫生间和电视、电话、空调等电器。

附设的垃圾处理设备可以对生活垃圾和病人的排泄物进行高度过滤及特殊的消毒处理，确保医院不会对周围环境造成污染。

这样一所高标准的传染病医院，就这样在1周之内矗立起来。

家住小汤山的一位居民感慨地说："开工那天，我来看了看，没想到过几天再来一看，已经建起来了，真是神速！"

在小汤山医院昼夜施工的同时，医院的筹备工作在解放军总后系统的组织下也紧张有序地进行着。

390种西药、76种中药，共计2000个剂型规格的庞大药品保障计划，用了一个通宵就完成了。

价值9000万元的药品器材超常规采购，6天内完成，大批采购物资从国内外陆续运抵小汤山。

百名工程师昼夜突击安装设备，在不到4天的时间里完成了平常至少需要两个月的工作量。

全军1200名医护人员以最快速度，由全国各地昼夜兼程奔赴首都北京。

从接到军委命令到完成医院筹备正式展开救治，仅用了5个昼夜。

好一个"上前线的速度、上战场的状态"！

在万众一心抗击"非典"的形势下，"小汤山速度"成为一个象征，反映了党中央、国务院的坚强领导，折射出我们今非昔比的综合国力、日益先进的技术水平和快速启动的应急能力。

"小汤山速度"生动体现了社会主义集中力量办大事的优越性，也展现了建设者们崇高的奉献精神。

7个日日夜夜，小汤山医院的建设者们付出了怎样的辛劳，是不难想象也不同描述的。

一位建筑工人朴实地说："累点没关系，只要能把

'非典'病毒打下去，我们再累也心甘。"

在现场指挥施工的负责人嗓子已经嘶哑得几乎说不出话来。他们几乎失声的嗓音胜过洪钟大吕，表达了无比坚强的意志和决心。

从"小汤山速度"和小汤山医院的建设者身上，我们可以看到中国人民战胜"非典"的巨大力量。

全面加强科学防治

北京"非典"疫情暴发初期，尤其是4月中下旬，患者数量急剧增加，北京面临医疗资源短缺的窘境。

在4月30日的新闻发布会上，代市长王岐山曾带着巨大的压力表示，当时北京只能说"提高收治率"，尚不能做到"保证收治率"。

面对危机，北京快速运转，沉着应对：

最初，北京确定6家专门收治"非典"病人的定点医院，随后，定点医院很快增加到11家；

5月1日，仅用了七天七夜时间新建的全国最大的收治"非典"患者的专门传染病医院"小汤山医院"正式启用；

5月7日，改造后的三级甲等医院宣武医院开始运转；

5月8日，另一所改造的三级甲等医院中日友好医院开始收治病人。

至此，北京抗击"非典"的医疗资源发生了决定性的转变，"非典"病床增至3600张。

5月7日24时，北京所有的确诊"非典"患者全部转移到全市16所市级定点医院，实现了"确保收治、随诊随收、集中治疗"。

一切开始规范有序，一切开始协调运转：

为整合首都的医疗卫生资源，组织了定点收治医院的院长联席会议，成立了医疗救治指挥中心。

为及时切断传染源，成立了2500人的流行病学追踪调查大队，哪里有疫情，哪里就会出现他们的身影。

为有效防止医院内的交叉感染，将全市的发热门诊从初期的123家调整至67家，在设置条件、就诊流程等方面形成了规范。

为加强对医务人员的防护，制定了严格的规章制度和控制标准，加强对医务人员的培训和内外部的管理和监督。

为提高治愈率，降低病死率，组建了专家医疗组，不断加快科研成果的转化运用，探索包括中西医结合方法在内的新的临床治疗途径，切实提高治疗效果……

抗击"非典"，这是一条宽广的战线，这是一场人民战争。在社区，在农村，在学校，在工地……一张科学防控"非典"的网络迅速建立、张开，覆盖到了全市的各个角落。

在顺义区后沙峪镇西田各庄村，进入村子的道路24小时有人值班，外村的车和外来的人不经村委会批准不得进村；本村的汽车和自行车出村回来，也要喷药消毒。

安翔里社区的75名党员佩戴着"防治非典志愿者"胸卡活跃在社区内，清理楼道卫生和周边环境，挨家挨户给居民讲解有关防范"非典"的知识。

像这样深入到位的防范行动,在北京已成声势。目前,全市已发放《非典型肺炎预防手册》数百万份,帮助市民及时掌握了有关知识。

学校、工地等是备受关注的重点。

5月3日,北京决定全市中小学继续放假两周,并利用各种媒体,从5月6日起开办"空中课堂",指导和推动中小学生放假期间在家学习。

5月9日,宣布高考如期举行,但将严格采取全方位措施,调整相关程序,保证考生健康与安全。

各高校实行封闭式管理,教师不停课,学生不停学。清华大学一改过去欢迎参观的做法,实行凭学生证、工作证、离退休证进入校门制度,家属和确有需要进入的人员,要到居委会办理家属出入证和临时出入证。

对外来务工经商人员,北京严格按照"对健康人员就地预防,对有接触史的就地观察,对确诊者就地治疗"的原则,对出现疫情的工地立即进行隔离,对其他工地和民工居住区进行封闭管理,坚持不停工,全员每天测量体温,严格控制民工离京。

为切断传染源,4月23日,北京决定依法分批对重点疫情场所采取隔离控制措施。

24日凌晨,西城区有关部门开始对北京大学附属人民医院整体隔离,隔离范围包括医院院区、科研楼、家属楼及医院通向外界的大门和通道。

北京还相继对有疫情的工地、学生宿舍楼、居民楼、医院和指定集中收治"非典"病人的医院、综合医院的"非典"病区、二级以上医院发热门诊，采取了隔离控制措施。

截至 5 月 29 日 10 时，全市实行分散隔离和集中隔离的"非典"患者及疑似患者的密切接触人员 2.9312 万人，已解除隔离观察 2.6901 万人。当时，所有隔离区秩序井然，居民生活无忧，情绪稳定。

严密的防治网络，使北京的防治工作步入规范有序的轨道，并取得了明显成效。北京疫情开始得到缓解。5 月 30 日 10 时，北京报告新增确诊"非典"病例 6 例，这是北京连续第五天新增确诊病例下降到个位数。

各地支援北京抗"非典"

2003年4月下旬以来，北京的"非典"患者人数激增，至5月13日累计已达2347人。

新中国成立以来，北京还没有出现过如此严重的疫情。

医院告急！北京没有足够的传染病专科医院的病房，普通综合性医院不得不仓促间收治大量"非典"病人。

医护人员告急！北京有注册医生3.2万人，护士3.4万人，但其中熟悉呼吸科疾病的不过3000人，而且至5月13日，有384名医护人员在救治"非典"病人时被感染。

首都"非典"疫情严重，山西、内蒙古等地也发生了疫情。疫情牵动着全国人民的心。一方有难，八方支援。我们的人民共和国是手足相连的整体。

广东的医务工作者在与"非典"的搏斗中，用心血乃至生命探索出防治"非典"的宝贵经验，并及时向外推广。

广东最早向北方派出了医疗专家，广州呼吸疾病研究所副所长肖正伦教授，于3月中旬到山西介绍防治经验。

山西省人民医院呼吸科副主任魏东光说，广东医生的介绍使山西同行获益匪浅，是对山西阻击"非典"疫情的有力支持。

随后，中国工程院院士、著名呼吸病专家钟南山，还有陈荣昌、张复春等人，到北京为卫生部举办的"'非典'临床治疗省级师资培训班"讲课。

他们总结的防治"非典"四原则"早发现、早报告、早隔离、早治疗"被全国各地遵循，这些在抗击"非典"中都起了重要作用。

广东专家先后到了北京、上海、山西、湖南、陕西、贵州、浙江、吉林、湖北、海南和香港、澳门讲课和会诊，先后培训医务人员2400多人，使他们成为抗击"非典"的生力军。

5月2日至5日，广州市第八人民医院院长唐小平、第一人民医院医生赵子文到吉林讲课时，参加了对20个"非典"病人的会诊，至少将其中的5个病人从死亡线上拉了回来。

全国各地的医学工作者早已动员起来，拧成一股绳，研究彻底制服"非典"病毒的方法。

"非典"疫情突如其来，使北京的无偿献血、计划采血受到影响，临床急救用血告急。4月23日，北京首次向山东发出求援函。

此时，山东省血液中心血库只有296单位全血，这只是平时一天的用量。山东省委常委会议决定，全力支援北京。省委书记张高丽说："北京的防治工作事关全国大局，我们一定要讲政治、顾大局，支援北京抗击'非典'。"

根据省委领导指示，山东省血液中心向菏泽、济宁、青岛等地发出指令。他们得到的都是坚定的承诺：如果需要，我们现在就向北京送血。

在青岛，献血市民排起长队，全天采血619人次，采血量19.1万毫升，创青岛血站建站以来采血数量新纪录。带着齐鲁儿女体温的血浆被送到了北京。至5月4日，山东向北京发送医疗用血2030个单位，他们支援的血浆一度占北京用血量的1/4。

4月27日，山东支援北京的第一批100万元的消毒防护用品发往北京。

5月8日，北京防治"非典"指挥部收到来自山东临沂价值2360万元，可提高人体免疫力的大豆低聚糖产品，这是当时接收的全国范围内价值最大的一笔捐赠。

全国行动起来大援助

2003年4月下旬,抗击"非典"在全国范围展开。

中国最大的城市上海,在构筑防治"非典"坚强战线的同时,迅速成为全国重要的迎战"非典"的后勤供给地。

4月21日至5月3日,上海工业系统生产口罩1150多万只,过氧乙酸消毒液约550吨,体温计近90万支,药皂11万多箱。其中200多万只口罩、22万支体温计和2.3万箱药皂运往祖国的四面八方。

上海的过氧乙酸生产一天创下了平常3年的产量,平均每天口罩供应量达到60万至80万只。

上海医疗设备厂为了给兄弟省区尽快送去呼吸机,自愿增加运输成本,变海运为空运,从欧洲进口零配件进行装配。

4月,上海向内蒙古紧急输送了4700余件隔离衣等紧急医疗救治物资。

5月2日晚,上海得知北京紧缺救治"非典"病人的关键药品"甲基强的松龙"。这种主要从比利时进口的针剂上海自身的储备也有限,但想到首都急需,到第二天上午,500支宝贵的针剂即调拨完毕。

各地群众在顽强阻击"非典"的同时,伸出热情援助之手，帮助遭遇到困难的地方。

5月6日早晨，在海拔5300米的青藏公路唐古拉山工地，担负施工任务的武警官兵发起了"真情捐款抗'非典'，高原北京心连心"活动，筑路官兵献上饱含深情的捐款。68岁的藏族阿妈央宗达娃也来了，将自己挖药材所得的86元钱捐献出来。

在郑州火车站，调度人员切实保证每天200多趟中转列车和始发列车上的数千件抗"非典"物资及时运往北京、山西、内蒙古。

郑州火车站党委书记姚淑英说，"我们宁可把车上其他物资撤下来，也要保证抗'非典'物资及时运行。"

5月8日，福建天神药业有限公司捐赠的价值100万元的免疫调节剂，经国家卫生部安排，投放北京、广东、山西、内蒙古等地。

黑龙江省经贸委统计，该省过氧乙酸的日产能力已从20吨增至160吨，相当部分运往北京、吉林。哈尔滨有4家制药厂生产专供北京的胸腺肽，从5月1日开始，每天至少供应500箱。可贵的是，黑龙江省早在五一节前就准备了10万毫升血液，一旦北京需要，立即发出。

各地对疫区的援助向纵深发展。

辽宁向内蒙古捐献的价值200万元的医疗用品已经送达。

5月12日，浙江省组成的医疗队奔赴山西。

同时，江苏医疗队乘飞机前往内蒙古。

北京市民政局从4月26日起收到来自各界的捐赠，至5月12日，收到全国各地捐款2亿元，物资价值5000万元。山西省红十字会则收到了各地捐款1080万元。

在这场抗击"非典"的征战中，人民军队肩负起了光荣的使命。

中央军委于4月26日下达命令，从军队和武警部队抽调1200名医护人员进驻小汤山，全面负责对入院病人的治疗。

国际社会支援中国抗"非典"

2004年5月17日14时,一架银白色飞机,在北京首都国际机场缓缓降落。

专机上装载的29.8吨物资是价值133万美元的药品、消毒品和医疗设备,这是俄罗斯联邦政府向中国政府捐赠的第一批医疗援助物资。

像这样来自不同国家捐赠的物资,自4月中旬以来源源不断。随着中国防治"非典"工作的大规模展开,世界各国政府和人们都对此给予高度关注、广泛声援。

在中国治疗"非典"的第一线,这些来自不同国家和地区的呼吸机、X光机、防护服、口罩、医疗药品等,成为帮助医护人员和患者与病魔抗争的有效武器。

据有关方面统计,截至5月30日,有近30个国家、国际组织和企业、机构向中国提供巨大无私抗击"非典"援助,其中官方援助总额3400多万美元,国际组织拨款2205万美元,非官方捐赠约合350万美元。

5月14日,罗马尼亚总理讷斯塔塞来到中国,他的专机上带来了一些医疗设备。

5月15日,国家主席胡锦涛、国务院总理温家宝在会见他时,都说到了同一个词:

患难见真情。

战胜"非典"需要全世界共同努力。面对来势汹汹的疫病,各国政府和科学家们以空前的团结携手合作。

在战胜"非典"的共同目标下,海内外的科学家们携手攻关。

在2003年3月17日,世界卫生组织联合全球9国11个实验室,后增加为13个实验室,组成联合网络,协作攻关,查找"非典"病原。

在世界卫生组织的协调下,这些实验室组成的研究网络,正昼夜不停地进行着合力攻克"非典"的数十项研究。

不到一个月,中国、德国和美国等国家和地区的多家实验室正式确认,冠状病毒的一个变种是引起非典型肺炎的病原体。而在此后的半个月内,中国、新加坡、美国和加拿大的科学家纷纷测出"非典"病毒的基因组排列。

"史无前例!"世界卫生组织负责传染病的执行干事戴维·海曼如此感叹。

国际社会在进一步加强合作。世界卫生组织的官员和专家一次次来到中国,观察疫情,提供可供借鉴的经验和意见,它的相关机构与中国紧密合作,实时发布疫情消息;东盟联合中国举行特别会议,讨论、协商与中国共同应对"非典"的措施。

5月19日，第五十六届世界卫生大会，在全世界奋力抗击非典型肺炎的特殊时期召开。世界卫生组织192个成员国的代表为寻求治愈新型流行疾病的方法献计献策。

在中国人民抗击"非典"的日子里，真诚的问候和祝福从五洲四海飞向北京。

紧缺的医疗用品和防护物资从四面八方运往中国；全世界的科学家为研究防治"非典"夜以继日地工作。

这一切，让人们真切地感到，面对"非典"的危难时刻，世界与中国同在；战胜"非典"的征途中，世界与中国携手。

我们将向中国提供援助！

这是在中国人民众志成城抗击"非典"的关键日子里，世界各国政府和人民的真诚援助，汇成的一支四海同心的旋律。

我们支持和赞赏中国政府抗击"非典"的努力！

这是许多国家声援中国时讲得最多的一句话，是对一个高度负责的政府的由衷信任。

"非典"在中国的蔓延，毫无疑问是对中国这个发展中国家的一次严峻考验。中国政府以对人民健康和生命安全高度负责的态度，果断采取了一系列措施。从中央到地方，从政府到人民都立即行动起来，防治工作逐步走上规范、有序的轨道，并取得显著成效。

对此，国际社会高度评价，充分信任。

4月下旬，正是北京"非典"疫情最严峻的时刻。法国总理拉法兰来到北京。拉法兰直言不讳：

> 我此时率团访华就是要表达法国政府和人民真诚支持中国开展对非典型肺炎的斗争。

罗马尼亚总理讷斯塔塞在北京与温家宝总理会谈时特别赞赏中国政府为防止"非典"做出的积极努力和采取的有效措施。讷斯塔塞说：

> 中国政府和人民必将取得最后的胜利。

世界上很多权威的传染病专家也都称赞中国政府与卫生部门采取的防治措施到位。

在世界许多大公司的眼中，中国政府显示出的处理危机的能力，是对外国投资者的最大鼓励。美国投资银行摩根斯坦利的首席全球经济师史蒂芬·罗奇分析认为，"非典"没有改变中国魅力，"非典"对中国是一个考验，中国会在经历了这场深刻的危机后成熟起来。这对亚洲乃至全球经济都有重大的战略意义。

在"非典"侵扰最为严重的北京，4月份新批准设立的外商投资企业仍然达到了143家，同比增长53.8%；实际外商直接投资也达到了2.23亿美元，同比增长50.7%；新批准设立的外商驻京代表机构依然有82家之多，与去年同期基本持平。

在"非典"这场灾难面前，中国人民感受到世界的支持和帮助，感受到世界的理解和信任。在抗击"非典"的斗争中，中国也在为世界人民的福祉和健康贡献着自己的力量。

国家主席胡锦涛在应约与韩国总统卢武铉通电话时表示：

> 中国政府和人民有决心、有信心，依靠科学技术和人民的力量，在国际社会的支持下，最终战胜这场灾害。

在这场为人类生命安全而战的斗争中，国际社会大合作、世界科技大合作，不仅为抗击"非典"，更为人类社会和平发展留下一笔宝贵财富。

展开"非典"科研攻坚战

2003年春天,在突如其来的灾难面前,科研工作者紧急行动起来,以对人民高度负责的精神和严谨的科学态度,顽强奋战,合力攻关,取得重大成就。

4月12日,广州市非典型肺炎流行病学、病原学及临床诊治课题组分离出两株新型冠状病毒,显示冠状病毒的一个变种极可能是非典型肺炎的主要原因。

14日,卫生部、科技部紧急筹措1000万元实施非典型肺炎防治紧急科技行动。

16日,军事医学科学院微生物流行病研究所和中国科学院北京基因组研究所,成功完成对冠状病毒的全基因组序列测定。

17日,卫生部医药生物工程技术研究中心传来消息,研究中心与广州市疾病控制中心成功建立荧光定量PCR快速检测冠状病毒新技术。

19日,军事医学科学院和中国科学院研制出1小时就可确认"非典"的快速检测试剂盒。

5月,科技攻关的好消息陆续传来。

科技部副部长李学勇宣布,科技攻关组成立以来,已在疫情流行趋势预测、病毒体外生存规律、出院病人是否排毒等流行病学研究方面取得了阶段性进展。

研究表明："非典"病毒痰中可存活5天；75度加热30分钟就能杀死病毒；治愈患者不会再传染；密切接触者无隐性感染；潜伏期患者传染可能性很小。

这些经过艰苦努力获得的重要实验结论，对救治工作具有十分及时的指导意义，也是对人类抗"非典"斗争的重要贡献。

5月11日，新修订的《传染性非典型肺炎推荐中医药治疗方案》出台，推荐部分中药汤剂处方和中成药治疗"非典"。临床经验表明，中医药的早期干预可阻断病程发展。

5月20日，"非典"国家控制与预警系统投入运行。科技攻关组还组织中国疾病预防控制中心等单位，根据卫生部公布的最新疫情数据，采用科学模型，建立了短期和中长期趋势预测方法。

控制与预警系统准确预测出：6月初，北京市新增非典型肺炎确诊病例将在总体上降到个位数。

据媒体5月18日的报道，经过对100例"非典"患者的中药治疗，北京佑安医院总结归纳出中药治疗各型非典型肺炎组方，并已经纳入国家863科技攻关项目。

佑安医院自3月11日收治第一例患者以来，就着手利用中西医结合的方法进行治疗，组建了北京市中医专家组，专家亲临一线会诊、查房。

利用中药组方汤剂加西医治疗组的患者，与同期西药组相比，死亡率大幅下降，疗程缩短，副作用降低。

佑安医院还对高危人群和与"非典"患者密切接触的医务人员实施中药预防"非典"处方，使他们得到了较好的保护。

5月22日，全国防治非典型肺炎指挥部科技攻关组宣布，大量实验表明，清开灵注射液、鱼腥草注射液、板蓝根冲剂、新雪颗粒、金莲清热颗粒、灯盏细辛注射液、复方苦参注射液和香丹注射液8个中成药对于"非典"的不同病理环节能够明显改善症状。

6月11日，科技攻关组再次宣布，863计划重大课题"中西医结合治疗非典型肺炎的临床研究"取得进展。

课题组在对222例病例数据的评价分析后表明，中西医结合疗法治疗非典型肺炎效果明显。主要表现在：退热效果显著，作用持续稳定；有效改善呼吸急促、干咳、气短、乏力等主要临床症状；改善机体缺氧状况，保护脏器功能；有助于减少激素用量，避免副作用。

正如中国科学院北京基因组研究所负责人杨焕明教授所说："从病毒基因序列测定，到试剂盒研制成功，短短时间内这一系列工作之所以能完成，离不开跨学科、跨部门的协作，更离不开科学家之间的肝胆相照、不计名利。"

疾病诚然可怕，但与疾病的斗争中，人类从未放弃过努力。人类终将战胜非典型肺炎，终将赢得这场非典型肺炎防治战役的最后胜利。

中国赢得最后胜利

2003年5月底，新增病例持续下降，"非典"疫情逐步缓解。根据新的形势，全国防治非典型肺炎指挥部及时作出新的部署。

5月29日15时，全国防治非典型肺炎指挥部召开第十次会议，分析疫情形势，部署近期工作。

指挥部总指挥吴仪要求，以更高的标准、更严的要求、更大的力度，进一步加强和完善防治工作。思想绝不能麻痹，指挥绝不能削弱，工作绝不能松懈。

6月5日，北京市委书记刘淇发言强调：

6月份，北京防治"非典"攻坚战进入决战阶段。我们要按照中央的要求，巩固成果，防止反弹，不能放松，扎实做好防治工作。

6月9日晚，北京防治非典型肺炎联合工作小组举行第十六次会议。在会议上，刘淇再次强调，要加快本市公共卫生体系的建设步伐，加强科技攻关。他要求，进一步调整北京的医疗资源，提高医疗资源的利用率；继续加强对住院患者，尤其是重症患者的医疗救治质量，提高救治率。

6月11日凌晨，北京市"非典"医疗救治指挥中心总指挥韩德民接受记者专访时说："北京市的'非典'医疗救治之战在5月是攻坚战，6月是坚守战，预计7月将可全歼'非典'顽敌。"

当时，北京市的7家"'非典'定点医院"还有582名住院治疗的"非典"确诊患者，其中500多名患者治疗效果良好，有50多名重症患者是抢救治疗的最大难题，特别是10多名危重患者的治疗，是指挥中心重症专家组关注的焦点。

韩德民认为，经过总结5月攻坚战的经验教训，北京的医疗临床专家们已经切实摸索出与广东、香港等地不完全相同的治疗方法，确诊率和治愈率明显提高。

6月坚守战的医疗救治方针是：提高医疗质量，全力依靠医疗专家的力量抢救危重患者，进一步降低死亡率，一定要在"非典"临床科研上有所突破。

另外，鉴于北京市有50%以上的"非典"患者接受了中医药治疗且效果不错，因此需要更多地让中医介入"非典"临床治疗，加快中医药治疗"非典"的理论研究。

韩德民说，如果疫情没有大的反弹，到6月底，大部分医院将退出"'非典'定点医院"行列，只保留中国权威的传染病医院即地坛医院，收治极少量的"非典"患者。

为了应对可能出现的"非典"疫情反弹，一些医院的"'非典'定点医院"牌子不摘，医疗救治设施不撤，医护人员不减，1700张病床随时待命。

全市67家医院设立的"发烧门诊"将保留较长时间，并最终与医疗系统中传染病防治系统的建设结合，全面建立起北京市的"传染病预防治疗应急系统"。将来不论北京市任何地点出现疫情，都可在最短时间内收治患者并切断传染源。

6月20日，小汤山医院最后一批"非典"患者康复出院。

6月23日，从全军和武警部队抽调小汤山医院的千余名医务人员开始撤离北京。

6月24日，世界卫生组织宣布对北京实行"双解除"，即解除旅行警告和从"非典"疫区名单中除名。

6月24日这天，阳光似乎格外耀眼。这场春天降临的全球性瘟疫，终于在夏天到来时被送走了。

回望全国上下走过的这段艰难历程，从中央到地方、到一线，各方众志成城，无论在医疗救治还是在科研攻关上，都取得了令世人瞩目的战果。

在抗击"非典"的严酷斗争中，北京胜利了！中国胜利了！

四、表彰英雄人物

- 国家人事部、卫生部、中国人民解放军总政治部作出决定："追授在抗击非典斗争中以身殉职的医务工作者邓练贤、叶欣、梁世奎、陈洪光、李晓红'白求恩奖章'。"

- 初四早上，邓练贤突然感觉不行了，全身肌肉酸痛、乏力、头痛、高热，他染上了病毒，肺部出现阴影，住进自己工作的医院。

- 一天，医生和护士前来为叶欣治疗，叶欣忽然急切地示意护士递给她纸和笔，然后颤抖着手写道："不要靠近我，会传染。"

中央表彰抗"非典"英雄人物

2003年5月16日,在全国人民众志成城抗"非典"的时候,国家人事部、卫生部、解放军总政治部作出决定:

追授在抗击"非典"斗争中以身殉职的医务工作者邓练贤、叶欣、梁世奎、陈洪光、李晓红"白求恩奖章"。

决定指出:

在全国人民万众一心、众志成城抗击"非典"的斗争中,广大医护卫生人员日夜战斗在第一线,把自己的生命与人民群众的命运紧紧地联系在一起,无私无畏、竭诚奉献,甚至献出宝贵的生命。邓练贤、叶欣、梁世奎、陈洪光、李晓红5位同志就是其中的杰出代表,他们的英雄行为感人肺腑,事迹催人奋进,不愧为人民英雄。

邓练贤生前系中山大学附属第三医院党委委员、党

支部书记、传染病科副主任、主任医师。2003年2月1日，他连续工作15个小时，因抢救病人感染致病。2003年4月21日光荣殉职，终年53岁。

叶欣生前系广东省中医院二沙岛分院急诊科护士长。直到病倒前长达两个多月的时间里，她始终没有离开过岗位，没有回过一次家，在抢救患者的过程中不幸受到感染，经抢救无效，于3月24日光荣殉职，终年46岁。

梁世奎1970年8月到山西省人民医院内科工作。在不幸被感染非典型肺炎住院期间，顽强地与病魔作斗争。在身体极度虚弱的情况下，他心中想的还是别人。2003年4月24日上午，经医护人员全力抢救治疗无效，梁世奎同志光荣殉职，终年57岁。

陈洪光1987年从广东医学院毕业到广州市胸科医院工作，亲手组建了医院的重症监护室并担任主任。在一线抢救病人的70多个日日夜夜里，他亲自为100多名危重病人插管上呼吸机，经常会被病人喷射出的痰液、分泌物污染得一身一脸。4月16日，陈洪光同志被确诊为非典型肺炎，虽经全力救治，终因病情过重，于5月7日凌晨不幸殉职，年仅39岁。

李晓红生前系武警北京总队医院内二科主治医师。1997年12月入伍，2001年7月入党，入伍以来，荣立三等功一次，被评为学雷锋标兵。在抗击非典型肺炎的战役中，她连续奋战6天，不幸被感染。4月16日凌晨，终因抢救无效，以身殉职，年仅29岁。

决定号召，全国广大干部群众、解放军和武警部队官兵向邓练贤、叶欣、梁世奎、陈洪光、李晓红5位同志学习。学习他们认真实践"三个代表"、全心全意为人民服务的崇高思想；学习他们视病人为亲人，对人民极端负责、满腔热忱、无私奉献的服务精神；学习他们把安全让给他人、把危险留给自己的高贵品格；学习他们坦然面对危难、乐观坚强的革命精神。

要以他们为榜样，牢记党的全心全意为人民服务的宗旨，忠于职守，爱岗敬业，奋勇拼搏，在以胡锦涛同志为总书记的党中央领导下，夺取抗击"非典"斗争的全面胜利。

在全国抗击"非典"胜利后，各地都进行了"抗非英雄"的表彰活动。

专家钟南山身先士卒

2003年春天,在广东省抗击"非典"的最前线,广州呼吸疾病研究所所长、广州医学院院长、著名呼吸内科专家钟南山,临危受命,被任命为广东省非典型肺炎医疗救护专家指导小组组长。

羊年春节,广州一派喜庆祥和,而钟南山与他的同事们,却是倍加紧张劳累。

情况表明,非典型肺炎疫情有突然加剧现象。广东的佛山、河源、中山、深圳、广州等地均出现疫情,且大部分集中在广州地区。

"鉴于广州呼吸研究所的技术力量,同时考虑到危重病人有较强的传染性,应集中治疗。"钟南山主动向卫生厅请缨:"把最危重的病人往我们医院送!"

除夕之夜,万家团聚,广州医学院第一附属医院领导们却火速赶回医院连夜布置工作。

医务科、护理部、呼研所、急诊科、药品供应部、后勤服务中心、设备科等紧急部署:腾出呼一病区作隔离病区;腾出ICU重症监护室单间病房,用于抢救危重非典型肺炎病人;紧急采购抢救药品与消毒药品;购置19台呼吸机及抢救设备……

此时,钟南山领导的呼吸研究所,成了非典型肺炎救治的技术核心与攻坚重地。

面对一些医务人员的顾虑情绪，钟南山毫不犹豫地说：

> 医院是战场，作为战士，我们不冲上去谁上去？

短短几天时间，广州医学院第一附属医院便接收了21位危重病人。

钟南山身先士卒，顾不得与从新西兰回来的小孙子亲热，全力以赴投入工作。他亲自检查每一个病人，制订治疗方案，甚至抓起人工气囊为病人输氧。

在钟南山的带动下，医院上下拧成一股绳，形成一个团结战斗的集体，表现出大无畏的献身精神。

副院长、ICU科主任黎毅敏成了"抢险队"队员，整天奔波于各医院会诊。一天，黎毅敏一下子接了120多个电话，手机烧坏了，嗓子喊哑了。那天，他白天去了市内两家医院会诊，21时又赶到江门抢救病人到凌晨4时，第二天一早又马不停蹄地赶回来准时上班。

ICU病房的年轻医生徐达远，连续三个月没休假，为抢救病人曾48小时没合过眼。其间，父亲心脏病突发住院动手术，他仅向科主任请了两小时假。

年轻女医生何为群，连续彻夜不眠抢救与守护危重病人，当病人成功地脱离呼吸机时，她却因过度疲劳而感染疾病。

呼研所护士长潘瑶，一手将她拉扯大的奶奶在医院抢救，她却无法守护在身旁。奶奶不幸辞世，她强忍悲痛，抹干泪水，日夜忙碌在病房……

钟南山懂得，要取得抗击非典型肺炎战役的胜利，必须有一支强有力的医务队伍。这支队伍不仅要技术过得硬，更要思想过得硬。

早期危重的非典型肺炎病人，病情重、传染性强。在抗击非典型肺炎的初始阶段，由于医护人员与病人"密切接触"，往往是抢救一个人，放倒两三个医务人员。广医附一院有20多位医务人员感染得病，同时该院还收治了许多兄弟医院的医务人员。

钟南山那颗心哪，时常揪得生疼！

每天，不管多忙、多累、多晚，他必定要到病房走几趟，除了看病人外，还要了解每一位同事的身体状况，检查每个医护人员的隔离措施是否到位。

他说：

> 这个时候不能再让医务人员倒下。倒下的要让他们尽快康复。

ICU的护士们说："没有谁比得上钟院士更细心周到了。看见我们口罩戴得不规范，他马上走上前'纠正错误'。"

对患病医务人员,他每天都要送上问候,即使出差在外,也不忘打电话问候患病医生的病情。

ICU病房医生郑则广感染得病,情绪不太稳定,钟南山在外开会得知后,立即用手机发来信息:"感觉怎么样?不要灰心,我们都在支持你!"

医生何为群因抢救病人感染住院,时常处于眩晕状态。那天,钟南山在巡视病房后,突然走到病床边向她祝贺:"生日快乐!"原来,钟院士记得今天是她的生日。一时间,小何感动得热泪盈眶……

作为广东省非典型肺炎医疗救护专家指导小组组长,钟南山还要经常到兄弟医院指导救治工作。面对病人,他总是亲切地询问病情并亲自检查。

"钟院士查房时极富人情味。天冷时,他总要用手把听诊器搓热,并从语言上给病人极大的鼓励和安慰……"

医生护士们向记者反映:"当时社会上谈虎色变,许多病人情绪低落。钟院士是想通过细致入微的诊疗为病人树立信心。无论钟南山出现在哪家医院,病人都觉得快乐和放心。他一出差,病人就会着急地问:钟院士什么时候回来?"

钟南山实在太忙了。他参加会诊,出席讲座及各种指导活动,曾经一连38小时没合过眼!由于过度劳累,他病倒了。2月18日18时,钟南山检查完病房,看望了一位住院的同事之后,突然感到头晕、眼花、身上发烫。

钟南山知道,此时此刻自己绝不能倒下。坚守在岗位上，就是病人和医务人员的希望。

钟南山在医院住了一晚之后，偷偷跑回家，以家为病房，进行自我治疗。

即使在休息的日子里，他也没有放下手中的研究和工作。稍微休息两天，他又活跃在病房。

春节后，疫情被一些别有用心的人故意夸大和无中生有后，在社会上造成了极坏的影响。

作为一名共产党员，钟南山深知社会安定的重要性。而要保证社会的稳定，就要用事实说话，让病人尽快康复。

广州医学院第一附属医院是收治非典型肺炎危重病人的重点医院，ICU 病房的病人几乎均合并有细菌感染，多数已出现多器官衰竭。非典型肺炎病人的病理机理主要是"肺硬"，即肺组织纤维化。

要治疗好非典型肺炎患者，必须解决肺的纤维化问题。钟南山知难而上。

他成立了以肖正伦、陈荣昌、黎毅敏为骨干的老中青呼吸病专家组成的攻关小组，配合广东省"非典"医疗救治小组夜以继日地查阅文献，严密观察病人的变化，细致记录各种可供研究的资料。

他们试行了多少方案？谁也记不清了。终于，他们找到了突破口：

当病人肺部阴影不断增多，血氧监测有下降时，及时采用无创通气，病人的氧气吸入量就会增多，能较好地改善病人症状；当病人出现高热和肺部炎症加剧时，适当给予皮质激素，从每日80毫克至500毫克不等，能有效地减轻肺泡的非特异性炎症，阻止肺部的纤维化病变；而当病人继发细菌感染时，必须有针对性地使用抗生素。

实践证明，这是一套行之有效的救治方法，大大提高了危重病人的成功抢救率，降低了死亡率，且明显缩短了病人的治疗时间。

两位双肺渗出病灶弥漫、生命垂危的非典型肺炎患者，经以上方法抢救，奇迹般地痊愈了。

喜讯立刻上报卫生厅，卫生厅马上组织专家讨论，修改完善以后，以《广东省医院收治非典型肺炎病人工作指引》下发各地市与省直、部属医疗单位。

2月11日，广东省卫生厅召开新闻发布会，钟南山以医学专家的渊博学识，沉稳地告诉大家，非典型肺炎并不可怕，可防、可治、可控。他通过新闻界告诫社会不要惊慌，而要在政府和卫生部门的指导下，共同抗击病魔的挑衅。

同时，卫生厅还通报了广东卫生防疫部门已排除了禽流感、鼠疫、炭疽等病的可能性。很快，社会情绪开始趋稳。

对此，广东省委、省政府给予高度评价：

广州医学院第一附属医院在抗击非典型肺

炎事件中起到了主导性作用，钟南山功不可没！

在抗击非典型肺炎的关键时刻，钟南山临危不乱，显示出科学家的严谨治学态度与高度责任感。作为一位德高望重的医生，一位严谨认真的学者，他救死扶伤的仁厚品性，也体现在追求科学真理时的执拗不屈上。

2月18日，北京国家疾病预防控制中心传来消息，在广东送去的两例死亡病例肺组织标本切片中，发现了典型的衣原体。

当天下午，广东省卫生厅召开紧急会议，对这一报告进行讨论。

轮到钟南山发言了，他沉默良久，摇摇头。大量的事实表明，临床症候与治疗用药均不支持这个结论。

他不同意典型衣原体是非典型肺炎病因的观点，认为典型的衣原体可能是致死的原因之一，但不是致病原因。在他有理有据的论证下，会议最后采纳了钟南山的意见。

会后，有朋友悄悄问他："你就不怕判断失误吗？有一点点不妥，都会影响院士的声誉。"钟南山平静地说："科学只能实事求是，不能明哲保身，否则受害的将是患者。"

4月3日，世界卫生组织专家小组一行7人，在广州迎宾馆，听取广东专家的情况汇报。

这时，刚从日本参加完学术会议，并在香港作关于非典型肺炎治疗讲座的钟南山，代表广东省非典型肺炎医疗救护专家指导小组，进行了40分钟的汇报。

钟南山侃侃而谈，旁征博引，有理有据，实事求是。这位中国院士的发言，令世界卫生组织专家连连称道！

他们认为，世界卫生组织希望得到的治疗非典型肺炎的经验在广东找到了！这在全世界是独一无二的！

统计资料显示：当时，广东非典型肺炎的治愈出院人数已占总报告病例数的86.3%，死亡率仅3.5%，是世界范围内对非典型肺炎治疗成绩最好的地区之一。

钟南山告诉记者，广东防治非典型肺炎主要有三点经验：一是重视流行病学、病原学、临床医学的信息交流，最早提出了非典型肺炎的传染性与家庭、医院聚集性两大特征；二是总结出四项有效的临床治疗经验：中西医结合治疗、按需适当的大剂量皮质激素、无创通气与重视继发感染；三是及时将危重非典型肺炎患者集中到专科医院，从而减少传染机会，并增强了抢救成功率。

这些经验，是钟南山领导的治疗小组全体专家的智慧结晶，是广东医务工作者努力探索的结果，也是中国对世界的贡献！

不断取得的研究成果坚定了钟南山必胜的信心。钟南山并不满足于临床治疗方面所取得的成绩，他还要进一步探寻非典型肺炎的病因。

2月中旬，在钟南山的倡议下，广州市科技局、广州市呼吸研究所、广医附一院、广州胸科医院、广州儿童医院、广州市第八人民医院、广州疾病预防控制中心与香港大学医学院微生物学系，共同协作的"广州市非典型肺炎流行病学、病原学及临床诊治课题"联合攻关项目正式启动。

4月12日，好消息传出：从广东非典型肺炎病人气管分泌物分离出两株新型冠状病毒，显示冠状病毒的一个变种极可能是非典型肺炎的主要病因。

4月16日，这一结果得到世界卫生组织正式确认。

通过国际合作，中国战胜了非典型肺炎！

2003年，作为中国抗击非典型肺炎的领军人物，在SARS即非典型肺炎猖獗的非常时期，钟南山不但始终在医疗最前线救死扶伤，还积极奔赴各疫区指导开展医疗工作，倡导与国际卫生组织之间的密切合作，因功勋卓著，荣获全国五一劳动奖章，同时被广东省荣记特等功，被广州市授予"抗非英雄"称号。

邓练贤危险之处现身

2003年4月21日，一个不幸的消息不胫而走：战斗在抗击非典型肺炎第一线，一直与病魔面对面进行搏斗的"抗非"英雄邓练贤，因为救治"非典"病人，不幸被病毒感染，献出了宝贵的生命，成为广东省在抗击非典型肺炎战斗中第一位因公殉职的医生。

牺牲前，邓练贤是中山大学附属第三医院传染科副主任、党支部书记。

面对不明原因肺炎的突袭，邓练贤以传染科党支部书记和副主任的身份挑起了组织协调的担子，并冲在最前面。

羊年除夕，邓练贤刚刚吃完年夜饭，电话就响了：医院来了特殊肺炎病人，马上回院准备抢救……

邓练贤放下电话就往医院赶。一方面要保证救治小组的力量，又要确保原来近百名病人的治疗不受影响。在他的激励下，所有工作人员都主动放弃休假，各就各位坚守岗位。

他知道这项工作危险很大，一马当先，带领科室医务人员，投入这场"遭遇战"。

第一位病人是个11岁小孩，邓练贤和其他专家一起对病人进行紧急会诊，做各项检查，确定治疗方案。

这个除夕之夜，中山三院传染科灯火通明。对这种突如其来、预防治疗都处于摸索阶段的疾病，具有丰富临床经验的邓练贤凭直觉意识到其极强的危险性，他亲自安排病房，交代参加会诊的医务人员做好消毒、隔离工作，抢救紧张有序地展开。

23时50分左右，又一位女病人被送来。这时，邓练贤的手机不断收到拜年短信，但他来不及看，一直忙到初一凌晨3时。

一切就绪后，邓练贤拖着疲惫的身体回家，他对妻子说："我太累了。"说完就倒在床上呼呼大睡。

大年初一，邓练贤一大早又赶往医院查房。

11时30分左右，一位姓周的危重病人被送到医院。这位重症患者使一个又一个的医务人员染了"非典"，他的20多位亲戚朋友也先后染病。当时，病人发高热，烦躁不安，频繁而剧烈地咳嗽，呼吸极度困难，神志也模糊不清，随时都有死亡的危险。

情况危急，刻不容缓。邓练贤和同事们马上投入紧张的抢救中，抗炎、吸氧、镇静、激素应用，但病人病情仍在不断加重。

专家小组迅速作出决定，给病人进行气管插管，应用呼吸机辅助呼吸。这个病人身体强壮，体重足有80公斤，因为极度缺氧，情绪极度不稳，在做气管插管时更是烦躁不安，极不合作。

"快，快！"此时，病人的生命就在分秒之间，邓练贤想都顾不上多想，用力地按住病人身体，在场的医护人员也都纷纷上前，有的扶住患者的头，有的按手，有的按脚，让麻醉师尽快将导管插入。

在这过程中，病人剧烈咳嗽使大量痰液带着血腥从插管处喷出，在场的医护人员从头到脚都被污染，而空气中也充满了病毒。

此时，与传染病打了30多年交道的邓练贤，清楚地知道，自己正处在危险中，他和同事们来不及更换衣帽，继续抢救。病人呼吸不畅，要不断地拔下插管吸痰。在现场3个小时的抢救中，光给病人接痰的罐子就换了好几个。

邓练贤和专家们严密监测病情变化，随时调整呼吸机的各种参数，病人的病情终于慢慢稳定，从"死亡线"上被拉了回来。

时间，在抢救病人时以分秒计算，而对于邓练贤自己，时间的概念在这些天已显得模糊不清，一切都取决于病人的病情。他有严重胃溃疡，曾经发生消化道大出血，但面对病情危重的患者，在这羊年春节，却只能在办公室吃几口凉透的盒饭。

接下来的几天，几位重症病人相继被送到中山三院。每天，邓练贤都要连续工作10多个小时，高度紧张的工作及大量的体力消耗，即使年轻力壮的小伙子也难以支撑。

初四早上，邓练贤突然感觉不行了，全身肌肉酸痛、乏力、头痛、高热。

他染上了病毒！

他的肺部出现阴影！

他住进自己工作的医院！

在邓练贤之后，医院相继有20名一线医护人员也病倒了。中山三院接诊的"非典"病例，都是早期极重、传染性极强的危重病例，而当时对这个病的认识还非常模糊，面对一个未知的巨大危险，邓练贤和他的同事们成为第一批"扫雷者"。

这时，人们发现，邓练贤所在的早期救治病人的4人专家组中，有3人是来自各科室的党支部书记，4位专家后来全部染上"非典"；在参加抢救重症患者的9名医护人员中，有6名是共产党员。

中山三院感染"非典"的医护人员，经过救治，已陆续痊愈出院，而最早病倒、带领战友冲锋陷阵的邓练贤，却再也没有回来……

4月21日17时45分，邓练贤因全身多器官功能衰竭，永远闭上了双眼。

平时习以为常的"邓书记"的称谓，如今变成了带泪的述说和无限的敬意，尽管在人们的口里讲述的是一件件琐事。

从皓首白发的老师、朝夕相处的同事，到相濡以沫的妻子，每一个认识邓练贤的人，都说他是个好人、好医生、好支书。邓练贤亲切的笑容永远活在人们的心中。

在传染病科，大事小事大家都习惯找邓练贤，不仅仅因为他是支部书记，更因为他为人特别有耐心，不怕麻烦。

邓练贤30年的同事和老师、白发苍苍的姚集鲁教授是个坚强达观的人，说起邓练贤的离去也不禁流泪了。

他对这位爱徒的评价是：

> 他是个老实人。论起勤勤恳恳工作、老老实实做人这两条，他在我的学生中是做得最好的。我不是共产党员，但什么是共产党员的先锋模范作用，我从他身上都看到了。

科里每次有病人或者家属闹情绪有意见，大家都会找邓书记来，过不了一会儿就会看到邓书记笑眯眯地出来说声"搞定了"。

因为邓书记心里总有病人，病人想什么，家属想什么，他都能体会到。他的话往往句句都说到别人心里去了，听了特别贴心，当然也就没气了。

善待病人，是在邓练贤身边工作的医生护士最深的感受。在大家的记忆中，邓练贤一直平等待人，在他眼里，病人既是病人也是亲人，没有贫富贵贱远近亲疏之分。

以前大家经济都还不宽裕，有些病人没钱吃饭，邓练贤常常自己掏钱给病人买饭。看到邓书记这样做，他身边的很多年轻医生护士也都慢慢养成了这种帮助困难病人的习惯。

邓练贤对人好，但也很有原则，讲究方法。医院曾经有一位年龄较大的进修医生，个人毛病比较多，在其他科室很难待下去。邓练贤主动提出："到我这里来。"

为了帮他，邓练贤和病区负责人商量了一个"帮教"妙计，一个唱红脸，一个唱白脸。邓练贤找来进修医生，连续问了许多问题，进修医生答不出来。邓书记把他批评一通，然后让其他人去安慰他、帮助他。不久，这位进修医生工作态度好了，医疗水平也有了提高。

从1977年担任传染病科党支部副书记开始，他从没忘记一个基层党工作者的责任。多少年来，邓练贤在这个全院最大的科里，默默地承担了大量行政事务工作。

同事遇到业务上的难题，找他；年轻人工作受委屈，找他；夫妻吵架闹离婚，找他……他总是鼓励年轻同事用更高的标准来要求自己。

他还牵头，以传染科支部名义，在韶关仁化资助了14名贫困孩子的学业……

2003年4月，胡锦涛总书记在亲临广东视察，慰问战斗在第一线的广大医务工作者时，对在抗击非典型肺炎过程中以身殉职的共产党员、人民的好医生邓练贤表示沉痛悼念，对他的家属亲属表示亲切慰问，坚信有广大医护工作者的奋斗与贡献，有全国上下的团结一致、众志成城，我们就一定能够战胜疫病。

叶欣用生命书写精诚

2003年春天，在这场人类与"非典"疫魔进行的殊死搏斗中，广大的白衣天使怀着对祖国和人民真挚的爱，用生命杀出了一条血路，用灵魂书写了"大医精诚"。

广东省中医院护士长叶欣同志便是其中的一个。

叶欣是一个敬业爱岗的人。自1976年她从卫训队毕业后，就一直在广东省中医院工作，从护士、主管护士到护士长，脚踏实地，一步一个脚印。

尤其是当了急诊科的护士长以后，工作更加繁忙，经常没日没夜地加班，很少有正常的节假日。每年的新春佳节，叶欣总是主动顶班，让别的护士回家团聚。

叶欣总是爱院如家，以主人翁的态度对待每一项工作。在抗击"非典"的日子里，更是全身心地投入。

自从急诊科接受"非典"患者以来，叶欣所处的科室的工作强度不断增大，身为护士长的她始终战斗在第一线，进行周密筹划，冷静部署，使整个护理工作有条不紊地进行。

忙的时候，叶欣甚至连家人打来的电话都不接听，请护士转告她的家人不要为她担心。

随着"非典"患者的急剧增多，叶欣休息和睡眠的时间却越来越少，整天超负荷地工作。渐渐地，她感到体力明显不行了，而且颈椎、腰椎和膝关节等旧病不时向她袭来，使她在一次次对患者的抢救中都要忍受着巨大的痛苦，但她仍然咬紧牙关，从不言退。

叶欣是一个不畏艰险的人。人的生命只有一次，在生死面前，或许每个人都会进行艰难的抉择。在关键时刻，叶欣总是把安全留给别人，把危险留给自己。她知道与疫魔交手很可能会中招，她也知道这次的战斗是怎样地凶险，一旦染病，对已经46岁的她来讲，将意味着什么。

于是，一天下午，与家人团聚后，叶欣郑重地对儿子说："孩子，从明天起，妈妈就不回家啦，等疫情过后再回来。你要好好照顾爷爷奶奶。"

千叮万嘱后，她以一种难以言状的心情，重返战场，继续与疫魔进行搏斗。

面对重危病人，叶欣总是身先士卒，哪里有危险，就出现在哪里。

一天，一位高危的"非典"患者，病情急剧恶化，呼吸困难，出现心力衰竭和呼吸衰竭，必须尽快将堵塞在喉管的大量脓血痰排出来，这是医务人员最容易被感染的时候。

叶欣见其他护士争着干这危险活时，一把夺过来说："这里危险，让我来！"

尤其是为了不让年轻的护士们感染，一遇到这种情况，她就大声说："你们还小，赶快离开！"

● 表彰英雄人物

在救护"非典"患者的日子里,叶欣经常挂在嘴边的一句话便是:

我已经给这个病人探过体温、听过肺、吸了痰,你们就别进去了。

为尽量减少感染机会,不让太多的同事介入,有时她干脆把门关起来和医生们一起进行抢救。

还有一天,又来了一位非典型肺炎患者,而且,患者的病情急转直下,表明这是一例"毒"性极大的重症患者!

叶欣配合专家组成员马上展开抢救工作,随着时间一分一秒地过去,处在死亡线上的患者终于被拉了回来。

对于这类高危病人,谁都知道应当换上隔离衣以后再去参加抢救,但是为了争取时间,叶欣顾不得那么多了,就这样病毒便无情地侵入了她那已经连续奋战了多天的疲弱的躯体。

叶欣是一位善良而又坚强的人。她除了完成繁重的医护工作之外,在家还要照顾自己的父母、公公婆婆和丈夫年近百岁的祖母。

97岁的祖母长期卧病在床,神志不清,大小便失禁,她经常为老人擦身、洗脚、换尿布。有一次,老人长了褥疮,经她精心护理终于痊愈。

她对自己的亲人如此,对别人更是如此。在工作中,当她遇到经济困难的患者，就会主动出钱为他们买这买那，把关爱送到病人的心坎上。

凡事她都能设身处地替别人着想。她认为病人得了病已经不幸了，作为医务人员不要因为患者经济上的困难而歧视他们。她常说做任何事情都要对得起天地良心，既要对得起自己，更要对得起别人。

在那段艰难的日子里，虽然工作繁忙，但是再忙她都坚持每天提前半小时回科室，给大家准备预防药物，每次都要亲眼看见大家把药物服下才放心，并苦口婆心地提醒大家一定要做好各项预防措施。

为了增强同事们的抵抗力，有一段时间，她坚持每天在临睡前煲汤，然后第二天带回医院给他们喝。

她病倒住院后，为了同事们的安全，她竟然向医院提出要求，让她自己来护理自己。同时她还要求，让她在病床上为科室做些力所能及的工作。

一天，医生和护士前来为她治疗，她忽然急切地示意护士递给她纸和笔，然后颤抖着手写道：

不要靠近我，会传染。

此情此景，令在场的医务人员无不为之动容。

在病中，她仍然牵挂着那些饱受病痛折磨的危重病人。她用微弱的声音嘱咐护士：给7号床的病人记录尿量，给9号床的病人翻身、拍背……按时给病人做好皮肤、口腔护理。

院领导前来探望她，她不提自己的病，却检讨自己的不足，责怪自己不慎染病，给医院和领导添了麻烦。并劝慰领导不要来看她，她不想传染给大家。

在生命垂危之际，她还一心想着那些染病的战友，彼此鼓励着一定要坚强地活下去。

起初的那些日子，她给大家打电话，到后来由于呼吸困难，不能说话了，她就给大家发短信，可是，没多久连按手机键码的力气都没有了，她就极其费力地写纸条。

直到有一天，她感到实在不行了，便写了她人生中最后一张纸条："我实在顶不住了，要上呼吸机"，可是回天无力，疫魔最终还是夺走了她年轻的生命。

叶欣的生命是短暂的，但却是辉煌的。在她27年的护士生涯中，多次被评为先进工作者、优秀护士长，获得过国际南丁格尔奖章、全国优秀共产党员、全国五一劳动奖章、全国白求恩奖章、"三八"红旗手、广东"好母亲"等一系列崇高荣誉。

叶欣用自己的短暂人生，完美地诠释了"大医精诚"。

本书主要参考资料

《众志成城颂》林路明等著 学习出版社

《回望小汤山》张雁灵著 人民军医出版社

《中国"非典"阻击战》人民出版社编 人民出版社

《"非典"溯源》杨黎光著 人民文学出版社

《"非典"面前的抉择》心河著 大连出版社

《抗击非典斗争》中共中央宣传部宣传教育局编 学习出版社

《中国抗击"非典"纪实录》吴束 陈宽编 中国国际广播出版社